UN : L'ÉPAVE

SOUS LA MER

GORDON KORMAN

UN : L'ÉPAVE

SOUS LA MER

Texte français de Claude Cossette

Pour Ron Kurtz,
un plongeur extraordinaire

Catalogage avant publication de la Bibliothèque nationale du Canada

Korman, Gordon
[Dive. Français]
Sous la mer / Gordon Korman ; texte français de Claude Cossette.

Traduction de: Dive.
Sommaire complet: v. 1. L'épave — v. 2. Les profondeurs — v. 3. Le péril.
ISBN 0-439-96648-5 (v. 1).—ISBN 0-439-96649-3 (v. 2).—
ISBN 0-439-96650-7 (v. 3)

I. Cossette, Claude II. Titre. III. Titre: Dive. Français.

PS8571.O78D4814 2004 jC813'.54 C2003-907279-7

Édition publiée par les Éditions Scholastic,
175 Hillmount Road, Markham (Ontario) L6C 1Z7.

5 4 3 2 1 Imprimé au Canada 04 05 06 07

8 septembre 1665

Quand l'explosion secoue le Griffin, *le jeune Samuel Higgins a tout de suite la certitude que le bateau est perdu.*

Treize *ans et déjà mort, se dit le jeune mousse, au moment où l'imposant grand mât se fend dans une pluie d'étincelles.*

La voile, qui a l'air d'un grand drap en flammes, se pose sur le trésor empilé un peu partout sur le pont du trois-mâts. Il y a là des coffres débordant de pièces de monnaie et de bijoux, des lingots d'argent de 50 kilos, des rivières de perles, des chaînes en or. Samuel les regarde disparaître sous la toile en feu. Il peut sentir le pont qui se soulève sous ses pieds, au moment où le Griffin *commence à se briser. Un torrent de pièces de huit se déverse par les trous béants entre les planches du pont. Samuel n'a jamais vu autant d'argent, valant plus, probablement, que tout son village dans le nord de l'Angleterre et peut-être, aussi, le comté environnant. C'est une fortune qui ferait même tourner la tête du roi.*

Et pourtant, elle ne peut pas acheter cinq minutes de vie de plus pour le Griffin, *ni pour son capitaine et son équipage, qui sont condamnés à leur triste sort.*

2

Le voyage de retour en Angleterre aurait pris au moins trois mois. La descente vers le fond de la mer des Caraïbes prend moins de trois minutes.

C'est là que repose le trésor, le butin d'un nouveau monde, silencieux, en attente...

CHAPITRE UN

Le catamaran ballotte comme un bouchon de liège, même s'il se trouve dans les eaux abritées du port de la Martinique, une île des Caraïbes.

Kaz, l'air incertain, regarde le fragile bateau à double coque, puis le jeune homme en équilibre sur le pont qui tend la main au nouvel arrivant pour l'aider à monter à bord.

— Si vous voulez me tuer, pourquoi ne pas me tirer, tout simplement?

Le jeune homme éclate de rire.

— T'en fais pas, Kaczinski. C'est l'embarcation la plus sûre en mer.

Avalant avec difficulté, Kaz met le pied sur le bateau qui tangue. Mettre l'inconfort de côté est une seconde nature chez les joueurs de hockey, surtout au Canada où on trouve la crème de la crème. Certains des jeunes contre qui il a joué vont faire carrière dans la LNH. Ils avaient dit qu'il serait l'un d'eux – Bobby Kaczinski, le meilleur défenseur de la région de Toronto des vingt dernières années.

Mais tout ça est du passé, maintenant. Il trébuche, ses genoux flanchent un instant. Ça n'a rien à voir avec le mouvement du catamaran.

Il en est venu à l'appeler « le rêve », même si ça le

harcèle autant le jour que la nuit. Sixième partie des finales de l'Association de hockey mineur de l'Ontario. Drew Christiansen – Kaz ne connaissait pas le nom du garçon, à ce moment-là. Maintenant, il ne l'oubliera jamais.

Drew Christiansen, dont il a gâché la vie.

Drew avait attrapé une passe devant le filet des Red Wings. Il était l'homme de Kaz, sa responsabilité. La mise en échec avait été parfaitement légale, tout à fait dans les règles de l'art. Tout le monde était d'accord sur ce point : les arbitres, les juges de la ligue, et même Drew. Un accident qui se produit rarement, ont dit les médecins. De l'ordre de un sur un million.

Kaz se rappelle tous les moindres détails du moment qui a duré une fraction de seconde. L'urgence de défendre son gardien de but, la satisfaction que procure une bonne mise en échec. Puis une note discordante : *Il ne se relève pas.* Et ensuite : *Pourquoi est-ce que son cou est dans cet angle bizarre?*

Et plus tard, la réalité, le cauchemar : Drew Christiansen ne pourra plus jamais marcher.

La poignée de main qui l'accueille arrive juste à temps pour que Kaz se ressaisisse. Le jeune homme se présente.

— Tad Cutter, de l'Institut océanographique Poséidon. Je dirige ton équipe de plongée.

— On m'appelle Kaz.

Kaz essaie d'évaluer l'homme de l'institut. Il cherche surtout des indices pour comprendre pourquoi un groupe océanographique de renommée mondiale a choisi un plongeur débutant pour un stage d'été. Il y a un mois, Kaz n'avait jamais mis de palmes de sa vie. Il s'est lancé dans une course folle pour obtenir un certificat de plongée et participer à ce programme.

Mais les cheveux blonds et les yeux bleus de Cutter ne lui fournissent aucun indice. Cutter découvre une rangée de dents blanches.

— Bouge pas et profite de ta séance de bronzage numéro un, O.K.? Il faut que j'aille en chercher un autre.

Il saute sur le quai et s'éloigne au pas de course.

Pour qui je me prends? se demande Kaz. *Poséidon m'a pas choisi parce que je suis un bon plongeur. C'est Allagash qui m'a embarqué là-dedans.*

Steven Allagash est l'agent que M. Kaczinski a embauché pour s'occuper de la carrière de son fils jusqu'au niveau professionnel. *Ex-agent,* se dit Kaz, puisque Bobby Kaczinski ne chaussera plus ses patins.

Allagash s'était vraiment affolé devant la possibilité de perdre un joueur aussi prometteur. « Prends pas de décision trop vite, avait-il insisté. Oublie le hockey pendant quelque temps. Prends congé cet été. Fais quelque chose que tu as toujours voulu faire. Je vais tout organiser. Choisis ce que tu veux. »

Kaz ne pouvait penser à rien d'autre qu'au hockey, qui avait toujours été au centre de sa vie. Des camps tout l'été, des parties et des entraînements tout l'hiver. Il n'avait jamais pratiqué un autre sport. Pourquoi risquer de se blesser, ce qui aurait pu l'empêcher de jouer au hockey? Il n'avait même jamais eu de passe-temps. Allagash l'avait poussé : « Voyons, quels sont tes intérêts? »

Un énorme aquarium en plexiglas occupait tout le mur du fond du bureau de l'agent. Kaz avait toujours été fasciné par les douzaines d'espèces tropicales aux couleurs vives qui nageaient dans cet habitat artificiel. « Les poissons, avait finalement répondu Kaz. J'aime les poissons. »

Va pour les poissons. Va pour la plongée. Tout, sauf le hockey.

Quand il dépose son équipement et s'assoit dans le bateau, Kaz s'aperçoit qu'il n'est pas seul. Profondément endormi au milieu d'une montagne de bagages se trouve un autre garçon. Il est plus petit que Kaz, mais probablement du même âge.

Le catamaran heurte les pneus qui recouvrent le bord du quai; le dormeur se réveille.

Il frotte ses yeux sous ses lunettes épaisses et bâille.

— T'as pas l'air d'une Adriana, alors j'imagine que tu es Bobby.

— Appelle-moi Kaz.

Le joueur de hockey désigne les nombreux sacs et étuis qui jonchent le pont autour de l'autre garçon.

— De l'équipement de plongée?

— De photographie. Je m'appelle Dante Lewis. Je

suis photographe.

— Un photographe sous-marin, je suppose? lance Kaz.

— On verra bien, répond Dante en haussant les épaules. C'est pour ça qu'on est ici.

— Es-tu en train de me dire que, toi aussi, t'es débutant? demande Kaz, étonné.

Dante le dévisage.

— Et toi?

— J'ai reçu mon certificat, genre… y'a dix minutes!

— Je me suis dit qu'ils m'ont juste choisi parce qu'ils ont besoin d'un photographe, continue Dante en écarquillant les yeux. Et toi? Est-ce que t'as un talent spécial?

Kaz réfléchit et ne trouve rien.

— J'étais un joueur de hockey.

Dante embrasse des yeux la mer turquoise, qui miroite sous l'effet de la chaleur et se perd à l'horizon.

— Je pense pas que la patinoire gèle assez par ici.

— C'est pas grave, dit Kaz, d'un air impassible. J'ai pas apporté mes patins.

Il fronce les sourcils en regardant les voiles de toutes les couleurs autour d'eux, dans le port. Poséidon est l'une des plus prestigieuses équipes de recherche océanographique au monde. Des scientifiques de renom se mettent à genoux pour s'y faire embaucher. Des bourses sont offertes aux étudiants diplômés qui ont démontré leur génie. Quand ils ont annoncé quatre stages d'été pour jeunes de moins de seize ans, ils ont dû recevoir des milliers de demandes.

Peut-être des dizaines de milliers. Ils pouvaient choisir dans tout l'univers.

Pourquoi nous avoir choisis, nous? Ça n'a pas de sens.

Ils attendent depuis une demi-heure quand Cutter revient avec le troisième membre de l'équipe. Adriana Ballantyne est une jeune fille de treize ans, mince et élancée, habillée davantage pour parader sur le pont d'un paquebot luxueux que pour monter sur un catamaran érodé par la pluie et le vent, qui fait la navette entre les îles et qui, en plus, sent le diesel et le poisson.

Kaz n'a jamais vu quelqu'un portant des couleurs aussi coordonnées. Les chaussures de la jeune fille vont avec sa ceinture, les branches de ses lunettes de soleil signées et la poignée en cuir de sa valise.

— Plongeuse, c'est ça? demande-t-il quand elle monte à bord.

— Oui, répond-elle. Je suppose... Si on veut, ajoute-t-elle d'un ton incertain. J'ai fait un peu de plongée sous-marine dans le sud de la France, à Pâques.

Qu'est-ce qui se passe donc ici?

Le catamaran n'est peut-être pas le bateau le plus élégant des sept mers, mais il fait son travail. Ils parcourent la distance entre la Martinique et Saint-Luc en deux heures. Quand ils contournent la courbe du littoral, Cutter ralentit le moteur pour diminuer leur vitesse.

— Hé! lance-t-il dans le calme relatif qui suit. Voilà Star. Elle fait partie de notre équipe, elle aussi. Regardez-la!

Trois paires d'yeux se braquent sur l'eau claire et bleue, à quelque deux cents mètres au large d'une crique isolée. Star Ling plonge seulement avec un masque et un tuba, se déplaçant avec une force et une expertise qui sautent aux yeux. Elle nage juste sous la surface de l'eau en suivant une trajectoire infaillible, comme une torpille. Quand elle plonge, sa descente est vive et rapide; elle réussit facilement à surmonter la flottabilité naturelle de son corps. Elle semble aller en profondeur sans avoir à se dépêcher pour revenir prendre une bouffée d'air – signe d'une capacité pulmonaire exceptionnelle.

— Impressionnant! souffle Adriana.

Comme le catamaran coupe vers le port à un kilomètre de la côte, Star remonte à la surface et nage en direction de la plage. Ils la regardent se relever, sortir de l'eau et marcher sur le sable.

Au début, Kaz croit qu'elle a trébuché. Puis ça se produit encore. Et encore.

— Elle boite! s'exclame-t-il à voix haute. Elle est…

Il allait dire « infirme », quand l'image de Drew Christiansen traverse son cerveau comme un éclair. *Tu peux pas utiliser ce mot-là,* se dit Kaz. *Tu en as perdu le droit.*

— Elle est handicapée! s'exclame Dante d'une voix remplie d'étonnement.

Cutter se met à rire.

— Il faudrait pas qu'elle t'entende dire ça! Elle est l'ado la plus tenace que j'ai jamais rencontrée.

Trois débutants, et maintenant, ça, constate Kaz. Qui prend les décisions à l'Institut Poséidon?

CHAPITRE DEUX

Geoffrey Gallagher, le directeur de Poséidon, lève sa baguette vers le squelette blanchi accroché au mur, à côté de son bureau; il s'agit des mâchoires béantes d'un grand requin blanc mesurant un mètre de large.

— Nous voyons que les dents sont coupantes, dit Gallagher, qui donne un cours à l'œil rouge de la caméra vidéo fixée sur lui. Elles sont bien inclinées vers l'intérieur afin que chaque bouchée dirige la proie directement dans l'œsophage. Le *carcharodon carcharias* a été nommé le prédateur parfait, le sommet de la chaîne alimentaire de l'océan. Je peux confirmer ce fait en me basant sur mon expérience personnelle.

Il tapote une dent tranchante comme une lame de rasoir avec sa baguette. Soudain, avec un claquement qui résonne comme un coup de revolver, la mâchoire supérieure se referme sur la partie inférieure et casse la baguette en deux, d'un coup sec.

Gallagher fait un bond en arrière, avec un cri qui n'a rien de macho.

— Coupez! rugit le caméraman, qui est plié en deux tellement il rit.

On frappe à la porte.

— Plus tard, lance Gallagher, qui est en train de

fouiller pour trouver une autre baguette.

On frappe encore, cette fois-ci plus fort et avec plus d'insistance.

— Pas maintenant!

La porte s'ouvre et Bobby Kaczinski, Dante Lewis, Adriana Ballantyne et Star Ling font leur entrée.

Au début, Gallagher n'a absolument aucune idée de qui sont ces quatre adolescents. Saint-Luc n'attire pas autant de touristes que la Martinique ou Aruba; donc, les seuls enfants dans les environs sont locaux. Puis il se rappelle le stage d'été.

Oh. Ce sont ces jeunes-là. Il a supplié le bureau principal à San Diego de les placer ailleurs. Mais non. Il fallait que ce soit ici. Poséidon a même envoyé une équipe de la Californie pour diriger le programme – Tad Cutter et son équipe.

— Bienvenue! fait-il, le visage éclairé d'un large sourire, tout en dissimulant les morceaux de sa baguette sous des papiers sur son bureau. Vous allez passer un été passionnant, les jeunes. Je suis certain que vous allez participer à de nombreuses recherches importantes.

Ils attendent, comme s'ils voulaient d'autres détails. Il les fixe en espérant qu'ils vont s'en aller.

Finalement, Star fait un pas en avant.

— Mais, monsieur Gallagher, qu'est-ce qu'on va faire?

— Le centre Poséidon de Saint-Luc est un endroit grouillant d'activité, explique Gallagher. Il y a des douzaines de projets différents qui se déroulent en même temps...

— Je veux dire maintenant, insiste Star. Qu'est-ce qu'on va faire aujourd'hui?

Gallagher ne sait pas trop quoi répondre.

— Eh bien, qu'est-ce que M. Cutter vous a dit?

— On l'a pas vu depuis hier, l'informe Kaz.

— Depuis *hier*? s'exclame le directeur, qui n'y comprend plus rien.

Dans la pièce se trouve un homme trapu, aux cheveux gris, qui n'a pas encore dit un mot; il se détend sur le canapé et semble s'amuser à observer l'enregistrement sur vidéo. Braden Vanover est un des nombreux capitaines de bateau qui travaillent pour Poséidon. Il prend la parole.

— Cutter et son équipage sont partis dès l'aube, sur le bateau de Bill Hamilton.

— Pourquoi est-ce qu'il n'a pas emmené ces jeunes? demande le directeur d'une voix criarde, tant il est contrarié. C'est la seule raison pour laquelle Cutter et son équipe sont ici! Sans les jeunes, qu'est-ce qu'ils font, des séances de bronzage?

Il aperçoit le vidéographe qui observe la scène avec intérêt et devient silencieux. Jacques Cousteau ne piquait jamais de colère devant la caméra.

Le capitaine Vanover se lève. Il n'est pas lié officiellement au programme de stage, mais il se sent mal pour les quatre adolescents. Il est tout à fait évident que Cutter ne leur prête aucune attention.

— Écoutez, je vais prendre l'Anglais et les emmener se mouiller les pieds.

Gallagher a l'air pathétiquement reconnaissant.

— Super! Super! Avez-vous entendu ça, les jeunes? Vous allez plonger aujourd'hui.

Il met son bras autour des épaules de la fille qui boite.

— Et je suis certain que tu feras une excellente assistante pendant que les autres seront dans l'eau.

Les yeux de Star lancent des éclairs. Tout le monde dans la pièce, sauf le directeur, remarque qu'il a dit exactement ce qu'il ne fallait pas. Elle est sur le point de parler, sa bouche déjà ouverte, quand Kaz entre dans l'arène.

— Star est une plongeuse, comme nous, monsieur Gallagher, dit-il rapidement. En fait, c'est la meilleure.

— Oui, bien sûr, marmonne Gallagher, qui est déjà occupé à remettre en place la partie supérieure de la mâchoire du grand requin.

Il perd presque un doigt quand la chose se referme en claquant, encore une fois.

C'est sur le chemin de gravier menant aux pavillons des invités que Star se tourne vers le costaud joueur de hockey.

— Qu'est-ce qui te prend de te battre à ma place? lui demande-t-elle. Quand j'ai quelque chose à dire, je le dis moi-même!

— Ouais, O.K., mais peut-être que c'est ça le problème, rétorque Kaz. Si t'avais traité Gallagher d'idiot – ce qu'il est, en passant –, t'aurais eu tout à fait raison, mais il aurait été en colère contre nous tous. Je te défendais pas; je me protégeais.

— Occupe-toi de tes affaires quand même, marmotte-t-elle.

— Tu peux compter sur moi.

— Hé, intervient Dante, on nous donne la chance de faire quelque chose. Faudrait pas la gâcher.

CHAPITRE TROIS

Assise sur le pont du R/V *Hernando Cortés,* Star regarde le port de Côte Saint-Luc disparaître dans la lumière éblouissante du soleil écrasant des Caraïbes.

— Les récifs au nord-est de l'île sont pas mal spectaculaires, lance le capitaine Vanover du cockpit. Ils font partie des hauts-fonds cachés des Antilles françaises. Le meilleur site de plongée au monde.

Un frisson d'excitation secoue Star.

— Je le sais! s'exclame-t-elle.

Elle n'y est jamais venue elle-même, mais avant ce voyage, elle a lu tout ce qu'elle pouvait trouver sur les formations de coraux autour de Saint-Luc. C'est une occasion en or, et elle compte en profiter au maximum.

Kaz, Dante et Adriana se démènent déjà pour enfiler de légères combinaisons de plongée, conçues pour les tropiques. Et se démener n'est pas peu dire. Ils ont l'air de trois grosses femmes essayant de rentrer dans des corsets trop petits. Est-ce que ce sont des plongeurs ou des clowns?

Star peut enfiler une combinaison de plongée aussi facilement qu'un gant. Ça ne lui prend que trois secondes, avec sa jambe malade et tout. Son secret : du savon à vaisselle liquide pour lubrifier sa peau. Le mince tissu de caoutchouc glisse dessus.

Elle fait une grimace : la remarque faite par M. Gallagher, insinuant qu'il était impossible qu'elle soit une plongeuse, l'irrite encore. Les gens sont tellement idiots quand il s'agit de handicaps. Ils te fixent des yeux, te prennent en pitié, essaient de te faciliter les choses. Pour Star Ling, boiter est un état normal. Un cas léger de paralysie cérébrale, c'est tout – une certaine faiblesse du côté gauche. Elle ne peut pas s'en souvenir, bien sûr, mais elle a boité dès ses premiers pas. Ça fait partie d'elle et il en sera toujours ainsi.

Ce n'est pas rien. Elle ne se fait pas d'illusions. Elle ne pourrait pas gagner de course à pied, ni danser pour le Bolchoï. Mais dans l'eau, tout change. Il n'y a pas de faiblesse, pas d'asymétrie. Elle a senti ça la première fois qu'elle est allée à la piscine publique, à l'âge de quatre ans. Et elle le sent encore chaque fois qu'elle descend de la plate-forme de plongée d'un bateau. Les lois physiques qui la retiennent sur la terre ferme font place à une sensation familière et confortable qui semble lui dire : « Tu es chez toi ».

Elle dirige son regard vers l'arrière, où l'unique membre de l'équipage du capitaine Vanover soulève de lourdes bouteilles d'air comprimé, comme si elles ne pesaient rien. Menasce Gérard est un guide de plongée musclé mesurant près de deux mètres. Il est natif de Côte Saint-Luc et porte l'étrange surnom de l'Anglais. Personne n'a l'air moins anglais que l'Anglais, un jeune homme antillais dont la langue maternelle est le français. En secret, Star lui a assigné un différent surnom, M. Personnalité. Star n'a jamais rencontré un être humain aussi totalement dépourvu d'humour.

Il y a déjà près d'une demi-heure qu'ils sont sur le bateau, et il n'a pas souri une seule fois. En fait, Star n'est même pas certaine qu'il ait des dents, puisqu'il ouvre rarement la bouche. Il répond à la plupart des questions par des gestes, des haussements d'épaules et des grognements.

Ça n'empêche pas Adriana de le harceler avec son babillage incessant. Peut-être que c'est comme ça que ça se passe dans les cercles sportifs snobs auxquels sa famille appartient. Tu continues à parler, sans prendre le temps de remarquer si on te répond ou pas.

— Mais pourquoi est-ce qu'ils vous appellent l'Anglais? demande Adriana, qui poursuit son papotage. Vous êtes français, non? Je veux dire que les gens de Saint-Luc sont des citoyens français.

L'Anglais hausse légèrement les épaules, tout en vérifiant les manomètres des bouteilles d'air comprimé.

— Votre nom est pas l'Anglais, continue Adriana. Je comprends pas pourquoi quelqu'un voudrait vous appeler comme ça.

— Laisse-le tranquille, grogne Star. J'ai connu un gars appelé Quatre z'yeux qui portait pas de lunettes. Lui, ils l'ont appelé l'Anglais. Qu'est-ce que ça peut te faire?

Adriana n'est pas encore prête à abandonner le sujet.

— Est-ce qu'il y a déjà eu des Anglais à Saint-Luc?

À ce moment, l'énorme guide décide de briser son silence :

— Oui… et non.

— Oui et non? répète Dante.

— Saint-Luc, c'est français depuis toujours. Mais avant…

Il hausse encore les épaules.

— Oui et non.

— Il veut dire qu'il y a longtemps, tout le monde était de partout dans les Caraïbes, précise Vanover. Des bandes de pirates venaient de tous les pays. Des marchands aussi. Il y avait des razzias, des naufrages. On ne pouvait jamais être certain où un Anglais, ou n'importe qui d'autre, pouvait échouer.

— Mais dans ce temps-là, un naufrage équivalait pratiquement à une peine de mort, remarque Adriana. Les marins apprenaient pas à nager. C'était voulu. Ils préféraient se noyer immédiatement, plutôt que de prolonger l'agonie.

— Merci, Miss Bonnes nouvelles, lance Kaz en planquant son poignard dans la gaine sur sa cuisse.

Le capitaine est véritablement impressionné. Comme les autres, il avait classé Adriana dans la catégorie des enfants riches; elle fait de la plongée parce qu'elle collectionne les passe-temps, de la même manière que les vêtements haute couture.

— Il n'y a pas beaucoup de gens qui savent ça, lui dit-il. Tu as lu beaucoup sur les Caraïbes?

Adriana rougit.

— Mon oncle est un conservateur au musée national de Londres. J'ai passé quelques étés à travailler pour lui. Tu finis par apprendre des choses.

Elle fronce les sourcils. Cette année, elle n'a pas obtenu le travail parce que son oncle est en Syrie pour effectuer des fouilles archéologiques. Pire encore, on lui a permis d'embaucher un assistant et il a choisi le frère d'Adriana, Payton. Adriana s'est retrouvée le bec à l'eau, une situation qu'on ne tolère jamais chez les Ballantyne. Les parents d'Adriana passent leurs étés à voyager dans des endroits chauds et branchés, dans le but de côtoyer des grands mannequins, des ducs, des vedettes rock et des magnats point com. D'aussi loin qu'elle se souvienne, elle et Payton n'ont jamais passé d'été en famille.

Adriana imagine ses parents courant à droite et à gauche pour trouver un musée ou un centre de recherche pour leur fille, un endroit assez prestigieux pour mériter un membre de la famille Ballantyne. Heureusement que son certificat de plongée était encore valide, parce qu'il n'y a pas plus prestigieux que Poséidon. Elle avait cru, tout naturellement, que c'étaient les contacts de sa famille qui lui avaient assuré ce stage, mais maintenant, elle n'en est plus convaincue. Aucun des autres ne semble qualifié non plus, sauf peut-être Star.

Quand ils s'approchent des limites des hauts-fonds cachés, Vanover coupe le moteur et l'Anglais grimpe jusqu'au nid-de-pie pour scruter la mer, à la recherche de têtes de corail qui pourraient présenter un danger pour le bateau. Ici, sur les récifs, il n'est pas rare de voir des tours de coraux s'élançant vers la lumière nutritive du soleil et se cachant juste sous la surface de l'eau. Au cours des siècles, plus d'un bateau a été transpercé par une telle formation, et n'y a pas survécu.

Enfin, ils jettent l'ancre et les préparatifs pour la plongée débutent. Kaz a l'impression que les vérifications d'équipement ne finiront jamais. Les bouteilles sont remplies? Tout le monde a mis sa ceinture de plomb? L'air comprimé sort des détendeurs? Les gilets stabilisateurs (ou stabs) se gonflent et se dégonflent correctement? C'est comme au cours d'accréditation, où on te traite comme un enfant de maternelle. Est-ce qu'il arrive aux plongeurs de plonger? Où est-ce qu'ils passent tout leur temps à se préparer?

Dante transgresse la règle numéro un en essayant de marcher avec ses palmes. Il tombe à plat ventre et passe à deux cheveux de casser sa caméra de plongée Nikonos, qui est attachée à son poignet. L'Anglais l'aide à se relever en le regardant avec pitié.

Ils entrent enfin dans l'eau et se rassemblent à la surface pour se mettre deux par deux.

Kaz crache dans son masque pour l'empêcher de s'embuer. Il le place sur ses yeux et son nez, et prend une inspiration pour que la succion étanche se fasse. Il mord le détendeur et dégonfle la bouée de remontée autour de son cou, jusqu'à ce qu'il disparaisse sous les vagues en pinçant le couvre-nez de son masque et en expirant pour équilibrer la pression dans ses oreilles.

Sous l'eau. Ce n'est que la troisième fois qu'il plonge et, chaque fois, il est stupéfié par ce monde silencieux et étranger, si accessible et pourtant si caché. Les gens parlent de s'évader dans un livre ou un film. Mais la plongée, c'est une vraie évasion. Lorsque Kaz est sous l'eau, le hockey semble à deux millions de kilomètres, un obscur passe-temps rattaché à une autre vie.

Il a effectué ses deux plongeons d'accréditation dans les eaux froides et brouillées du lac Simcoe, au nord de Toronto. Alors, il trouve éblouissant le paysage sous-marin éclairé par le soleil, sous la surface de la mer des Caraïbes. La visibilité semble infinie, mais ce n'est pas le plus étonnant. Il y a tellement d'action ici, c'est si vivant! L'aquarium large comme le mur de Steven Allagash est un désert brumeux, en comparaison. Des milliers de poissons de toutes les formes, les tailles et les couleurs se précipitent dans toutes les directions.

Un minuscule ange de mer aux rayures luisantes se risque à s'approcher pour l'examiner. Kaz est fasciné. La curieuse petite créature ne semble pas effrayée le moins du monde devant cet animal bien plus gros qui a envahi son océan. Elle continue à fureter autour des bulles qui sortent de son appareil respiratoire.

Tout à coup, une ombre passe au-dessus. Avec une violence soudaine, un gros mérou rond pique subitement du nez comme un aigle et happe la malheureuse proie.

Wow! Désolé, petit poisson. Il faut que tu restes sur tes gardes, ici. C'est une vraie jungle.

Se rappelant soudain qu'il a un partenaire de plongée, il cherche Dante des yeux. Pour éviter d'avoir à mettre ses lunettes sous l'eau, le photographe porte un masque de prescription, qui déforme ses traits; son nez est gigantesque sous ses yeux grands ouverts, larges comme des soucoupes. Il a l'air ahuri, presque fou. Kaz glousse et, du coup, avale une bonne tasse d'eau. *Concentre-toi,* se dit-il en toussant.

Il est évident que Dante est très impressionné par ce qui l'entoure : il prend en photo chaque crevette et mené. Après six minutes sous l'eau, le photographe n'a plus de film.

Même à travers son masque et un nuage de bulles, on peut nettement voir que l'Anglais est dégoûté. D'un geste impatient, il attrape les deux novices par le poignet et les entraîne à la nage vers le récif. Du coin de l'œil, ils peuvent voir les filles qui se dirigent dans la même direction.

À mesure que le récif se dessine, les détails de la formation de coraux deviennent visibles; c'est spectaculaire. Les couleurs sont incroyables, presque irréelles, comme si elles sortaient d'un laboratoire hollywoodien d'effets spéciaux. Les formes sont tout à fait extraterrestres : d'immenses panaches de coraux en laitue, des pointes branchues de coraux en corne de cerf, des monticules de corail-cerveau de la taille d'un camion à ordures, tous empilés les uns sur les autres pour former une montagne, dont le sommet est à environ trois mètres de la surface étincelante.

Kaz vérifie le profondimètre de sa montre de plongée et s'aperçoit, un peu surpris, qu'ils sont descendus à près de quinze mètres, ce qui est deux fois plus profond qu'il ne s'est jamais aventuré.

Adriana allonge le bras pour toucher le corail. En un clin d'œil, la main de Star s'avance et saisit son poignet. La plongeuse expérimentée agite un index réprobateur.

Je savais ça, moi, se dit Kaz. Le récif est un organisme vivant, composé de millions d'animaux minuscules appelés polypes. Même en le touchant légèrement, on tue la première couche de créatures et on endommage le récif. Sans oublier que les polypes, ça pique.

L'Anglais fait un signe de la main pour leur indiquer qu'ils vont descendre et les guide à près de vingt mètres de profondeur, à la base de l'édifice de corail. Kaz ajuste son gilet à flottabilité nulle, afin d'arrêter la descente. *Je pourrais devenir un bon plongeur,* se dit-il, heureux de développer un talent qui n'a rien à voir avec les patins, les lancers et les tentatives de meurtre.

Ici, les formations de coraux font place à une flore maritime diversifiée, qui pousse à même un fond sablonneux et ferme – les hauts-fonds cachés proprement dits. Il y a de la vie partout bien qu'il n'y ait pas autant de couleurs que plus haut sur le récif. À cette profondeur, les rayons du soleil ne peuvent pas complètement pénétrer l'eau. C'est une zone crépusculaire.

L'attention de Kaz est attirée par un petit mouvement précipité au-dessous. Tout d'abord, on dirait que le sable même bouillonne et crée des petits diables de poussière aquatiques. Kaz oriente son corps de façon que son masque soit placé directement au-dessus de la perturbation et regarde de plus près.

Soudain, le sable cesse de tourbillonner et un gros œil lui jette un regard.

— Hé!

Son cri d'étonnement lui fait cracher son détendeur.

C'est incroyable à quel point sa voix semble forte sous l'eau. Et pas seulement à ses propres oreilles, parce que voilà Dante qui se dirige droit vers lui.

Une tache sombre mouvante surgit du fond en laissant un épais nuage d'encre noire dans son sillage.

— Une pieuvre! s'écrie Dante qui, du coup, perd aussi son détendeur.

L'identification n'était pas nécessaire. Kaz peut voir les huit membres ondulants traînant derrière le corps qui s'enfuit. C'est tellement fluide qu'il est difficile d'en déterminer la taille – peut-être celle d'un bébé citrouille au centre de tentacules d'une envergure d'un mètre cinquante.

L'Anglais sort de nulle part, se place dans la trajectoire de fuite de la créature et la laisse venir à lui. Il la saisit par deux tentacules qui s'agitent. La chose devient instantanément orange de colère avant de se couvrir, ainsi que le guide, d'une seconde émission d'encre encore plus importante.

En fouillant pour trouver son embout, Kaz les a

perdus de vue, mais il aperçoit maintenant l'Anglais, bien plus haut, qui transporte son prix à la surface.

Dante sort une ardoise sous-marine de douze centimètres sur dix-huit de la poche de son gilet stabilisateur. Avec le crayon qui y est attaché, il gribouille un court message sur le plastique rigide, puis le montre à Kaz : SOUPER?

Kaz hausse simplement les épaules.

Le guide de plongée revient presque tout de suite, mais le visage sombre dans le masque ne livre aucun indice sur le sort de la pieuvre.

Il y a maintenant une demi-heure que l'équipe est sous l'eau. L'Anglais les entraîne vers une autre partie du récif, une pente qui remonte graduellement, où ils pourront être plus près de la surface quand la réserve d'air commencera à s'épuiser. Il est important de remonter lentement, afin d'éviter le mal de décompression. Si un plongeur remonte trop vite à la surface, la soudaine chute de pression d'eau produit la même réaction que lorsqu'on ouvre une canette de boisson gazeuse. L'azote gazeux dans le sang peut mousser comme du Pepsi. Ce n'est pas une blague – les bends peuvent te rendre invalide à jamais ou te tuer.

Tandis qu'il observe la surface ensoleillée qui approche de plus en plus, Kaz se sent aussi de plus en plus à l'aise. Avec chaque minute qui passe, il s'aperçoit que la technique et la mécanique sont de plus en plus automatiques; il peut ainsi apprécier le récif et ses nombreux habitants. *Si ça continue,* se dit-il, presque amusé, *je pourrais me mettre à aimer la plongée.*

Au moment même où cette pensée le quitte, il aperçoit la silhouette. Étrangère, mais pourtant familière, elle arrive droit devant – la nageoire dorsale triangulaire, les yeux noirs impassibles, le museau pointu.

Un requin.

CHAPITRE QUATRE

En une fraction de seconde, son cerveau passe au crible les milliers de photos et de diagrammes, les images cauchemardesques d'une bibliothèque personnelle remplie de livres sur les requins. Un requin nourrice, probablement. Peut-être un requin de récif. Environ un mètre de long, chétif si on le compare aux *Dents de la mer.*

Mais quand vous en rencontrez un, un vrai, avec toutes les caractéristiques effrayantes, toutes les armes à la bonne place…

Il ne lui vient jamais à l'esprit d'essayer de s'éloigner à la nage ou de se précipiter à la surface. Il reste là, pétrifié, à regarder le gros poisson qui s'approche sans se presser.

Va-t-en, supplie-t-il en silence. *T'approche pas de moi.*

Il peut voir les dents, maintenant. Et il sait, au plus profond de lui-même, que c'est lui, et lui seul, que vise ce prédateur.

Il ne se serait jamais cru capable d'une telle panique. Avant même qu'il se rende compte de ce qu'il fait, le poignard est dans ses mains et il saute sur le requin en plongeant la lame dans le dessous tendre. Des bras puissants le saisissent par-derrière, mais rien ne peut l'arrêter. D'un coup violent, il ouvre le ventre du requin de la proue à la poupe.

La créature se tord une fois, ses mâchoires claquent. Puis elle se met à couler en laissant derrière elle un nuage de sang.

Les bras qui avaient saisi Kaz le font se retourner et il se retrouve face à face avec Menasce Gérard, qui le regarde avec des yeux furieux. Le guide lui indique la surface de l'eau par un geste.

Kaz secoue la tête. Est-ce que le guide ne voit pas qu'il n'y a plus de danger? Le requin est mort.

L'Anglais ne perd pas de temps à lui donner un autre ordre. Il attrape le bras de Kaz avec une poigne de fer, gonfle son gilet stabilisateur et tire le garçon jusqu'à la surface. Ils sortent à l'air libre, trente mètres derrière le *Cortés*.

— Monte sur le bateau!

— Mais ça va! Je l'ai eu! s'exclame Kaz, ahuri.

Le guide est fou furieux.

— Le bateau! Et que ça saute!

Les cinq plongeurs se dirigent vers le bateau en nageant dans le léger clapotis.

Tandis qu'il allonge les bras, Kaz tremble encore d'excitation après sa rencontre avec le requin. Il se sent à la fois terrifié et survolté. Il a passé des années à pratiquer un sport au plus haut niveau, et pourtant, rien n'aurait pu le préparer à la pure exultation d'un combat à mort. Le monde ne lui a jamais paru aussi vivant.

L'Anglais prend la tête du groupe, ses palmes

s'agitant comme des ailettes et faisant mousser l'eau. Il se précipite sur la plate-forme, se débarrasse de son attirail d'un seul mouvement et, en beuglant comme un malade, se met à sortir de l'eau les jeunes dont il a la garde.

Le capitaine Vanover apparaît sur le pont au-dessus d'eux.

— Qu'est-ce qui s'est passé?

L'Anglais se tourne vers Kaz en le regardant avec des yeux qui lancent des éclairs.

— Pourquoi est-ce que tu as fait une chose aussi idiote? T'es fou ou quoi?

Kaz le regarde, l'air bête.

— Je me protégeais!

— Ce petit guppy ne t'aurait pas attaqué!

— Comment pouvez-vous le savoir? Il fonçait droit sur moi!

— Tu t'ôtes de son chemin, alors! rugit l'Anglais. Ce n'est pas sorcier!

— O.K., je suis désolé, dit Kaz sur un ton défensif. Désolé d'avoir dérangé tout le monde. Retournons pour finir notre séance de plongée.

— Oui, bien sûr! acquiesce le guide. Géniale, ton idée! Après vous, monsieur.

Kaz fronce les sourcils.

— Y'a un problème?

Soudain, il le voit, le problème : là où ils ont plongé il y a quelques minutes, on aperçoit maintenant un remous d'eau blanche autour d'une masse de nageoires, de queues et de corps lisses qui s'agitent. C'est une frénésie dévorante; des douzaines de requins se ruant sur la carcasse du requin mort, un barrage de mâchoires qui claquent et produisent un plus gros carnage.

— Du sang dans l'eau, mon gars, dit doucement le capitaine, c'est comme faire sonner la cloche pour dîner.

Toute l'exultation héroïque de Kaz se transforme en une vague de nausée. Si l'Anglais n'avait pas été là, ils seraient tous au milieu de ça, mis en pièces, à cause de l'erreur de Kaz.

Le guide se tourne maintenant vers Vanover.

— Je n'ai pas neuf vies, moi! Pourquoi m'envoyer plonger avec des bébés? Sauf la fille, dit-il en montrant Star du doigt. Elle, elle est bonne. Mais les trois autres... pah!

Puis il ramasse son équipement, saute sur le pont et disparaît en ouragan.

Les quatre adolescents restent cloués sur la plateforme, ne sachant pas trop ce qu'ils devraient faire maintenant. Le capitaine remarque leur malaise.

— Est-ce que ça aiderait si je vous disais qu'il a un cœur d'or?

— Il est correct, concède Star.

— Tu dis ça parce qu'il a dit que t'étais bonne, l'accuse Dante.

— Je *suis* bonne, rétorque-t-elle.

L'homme trapu se penche pour les aider à monter sur le pont.

— Je pourrais étrangler ces abrutis à Hollywood.

C'est à cause d'eux que le monde entier en a contre les requins. Un plongeur n'a rien à craindre sur ce récif-là. Si tu rencontres un requin là, tu peux être certain qu'il a plus peur de toi que toi de lui. Sauf peut-être pour le vieux Clarence.

Quatre paires d'oreilles se dressent.

— Clarence? répète Kaz en enlevant ses palmes qui dégouttent.

— Il y a cinq ou six ans, raconte Vanover, on a été envahis par des makaires. On ne pouvait pas mettre un pied à l'eau sans marcher sur une nageoire. Les requins sont arrivés quelques jours plus tard. Des requins-tigres. Énormes. Ils ont forcé l'endroit à fermer pendant deux semaines. Il n'y avait personne qui plongeait, personne qui nageait, personne qui pêchait même. Un scientifique entêté a apporté un poisson sonar. Le sonar est revenu tout troué. Quand les makaires sont partis, les requins les ont suivis. Personne ne sait pourquoi Clarence n'est pas parti avec eux. Peut-être qu'il était trop vieux pour les suivre.

— Vous voulez dire qu'il est encore ici? demande timidement Adriana.

— Tous les deux ou trois mois, quelqu'un l'aperçoit, réplique le capitaine. Il ne fait jamais de mal à personne. Mais il ne faut jamais prendre de risque avec un requin-tigre de six mètres. Mais les autres rats de récif, par ici... ils sont inoffensifs.

Les jeunes plongeurs regardent fixement l'eau, là où la frénésie dévorante bat toujours son plein.

— Bon, concède Vanover, c'est sûr que ça change

tout si vous mettez du sang dans l'eau. Les requins restent des requins. Ton poignard n'est pas censé être une arme. Il sert à te dégager de fils et de boyaux emmêlés, en cas d'urgence. Tu l'utilises en dernier recours. Et ne le sors jamais devant un barracuda. Tout ce qu'il va voir, c'est un éclair argenté, qui ressemble à la moitié des poissons qu'il mange. Il va prendre une bouchée, c'est sûr.

Vanover leur adresse un sourire bienveillant.

— Maintenant, enlevez vos combinaisons avant de rôtir.

C'est un groupe de plongeurs très abattus qui s'assoient en rang le long du plat-bord tribord, tandis que le *Hernando Cortés* les ramène au port de Côte Saint-Luc.

— Je savais déjà tout ce qu'il a raconté à propos des requins et des barracudas, déclare Star. Je voulais juste pas avoir l'air lèche-botte.

— Moi non plus, ajoute Kaz. C'est pour ça que le fou de Français est fâché contre moi, maintenant.

— Il fait peur, approuve Adriana avec ardeur. Si j'avais à choisir entre lui et les requins, je me risquerais avec les requins.

— Pas moi, lance Dante avec émotion. Avez-vous entendu l'histoire au sujet des requins-tigres? Ils attaquent les humains, non?

— Y'a beaucoup de choses désagréables dans l'océan, grommelle Star. Mais si tu te laisses intimider par ça, c'est comme si tu sortais jamais de chez toi, au cas où un ours sortirait de la forêt. Y'a des gens qui plongent toute leur vie sans problème. Alors, il y a un requin-tigre quelque part? Et puis après? La mer est remplie d'animaux. C'est pour ça qu'on se jette à l'eau.

Les yeux de Kaz se posent sur une étrange pièce d'équipement accrochée sur la cloison, à la base de la passerelle haute du *Cortés,* juste derrière une pile de gilets de sauvetage orange. On dirait un berceau de bébé qui a été défait, sauf que les panneaux à lattes sont plus larges et faits de titane. Il l'avait déjà remarquée et s'était dit que la chose lui semblait familière. Maintenant, il la reconnaît; il s'agit d'une cage anti-requin munie de ballasts et d'un tableau de commande.

Si les requins sont si inoffensifs, pourquoi est-ce qu'ils ont besoin d'une cage anti-requin?

Dante interrompt ses rêveries.

— Justement, en parlant d'animaux...

Kaz suit le doigt de Dante, qui pointe vers un gros seau en métal posé juste derrière le cockpit. Il est plein à ras bord d'eau qui ne cesse de déborder à cause du mouvement du bateau. Ils regardent, fascinés, tandis qu'un tentacule gris ardoise, qui s'harmonise au métal galvanisé du seau, se risque pardessus le bord. Après un moment, la pieuvre se hisse sur le rebord du seau et se laisse tomber sur le pont. Immédiatement, elle se met à glisser et à « rouler » rapidement vers la sortie la plus proche. Quand elle aperçoit les quatre adolescents, elle s'immobilise un instant et les fixe du regard, tandis que son corps prend la couleur olivâtre des planches.

— Vas-y, ma vieille, murmure Dante. Il veut te faire cuire.

La pieuvre semble avoir décidé de prendre ce conseil au sérieux. Elle rampe jusqu'au plat-bord et disparaît rapidement par-dessus bord.

Tandis qu'ils déchargent l'équipement sur le quai du port de Côte Saint-Luc, Menasce Gérard regarde, pour la première fois, dans le seau vide qui avait contenu son souper. Il fronce les sourcils d'un air menaçant.

Adriana devine ses pensées et y lit une accusation.

— Je vous jure que c'est pas notre faute, monsieur l'Anglais! Elle a grimpé, traversé le pont en courant et sauté à la mer. C'est vrai!

Mais, encore une fois, le guide de plongée s'est réfugié dans une série de grognements – des grognements de soupçon.

17 avril 1665

À treize ans, Samuel Higgins se souvient encore de sa mère, mais l'image mentale s'efface.

Il n'avait que six ans, après tout, quand les hommes de Sewell sont venus le chercher; il était assez petit pour être emporté dans un sac de jute, malgré ses coups de pied et ses hurlements. C'était un enlèvement, bien sûr, mais aucun agent de police, aucun shérif ne s'est rendu jusqu'à Liverpool par la suite, pour essayer de le retrouver. Quelle récompense y aurait-il eu? La famille de Samuel ne possédait rien. À six ans, donc, Samuel n'avait plus de famille.

Il n'aurait pas été très difficile de le trouver, si quelqu'un s'en était donné la peine. Sewell, le ramoneur, comptait sur plusieurs petits garçons pour grimper dans les cheminées à sa place; ils étaient tous trop petits pour leur âge, sous-alimentés, abandonnés ou kidnappés. Samuel s'est révélé excellent dans les besognes sales. Il pouvait grimper dans une cheminée en un clin d'œil, aussi facilement que lorsqu'il descendait une ruelle en pavé de la ville portuaire. Et, contrairement aux autres garçons qui travaillaient avec lui, ses membres ne se sont pas allongés et ses épaules ne se sont pas élargies quand il a atteint l'adolescence.

« T'en fais pas, mon petit, lui répétait sans cesse le vieux Sewell. J'en ai vu des centaines comme toi. Tu seras mort d'une chute, bien avant d'être trop gros pour grimper dans une de ces cheminées. »

L'homme était aussi brusque que cruel, mais l'avenir a démontré qu'il avait tort sur ce point-là. Samuel n'a pas succombé à un de ces terribles accidents qui mettaient fin aux vies courtes et malheureuses des autres garçons. Et le jour est arrivé, finalement, où Samuel n'a plus pu passer dans les étroits tunnels couverts de suie, où il avait gagné son pain dès l'âge de six ans. « Désolé, mon petit, lui a alors dit M. Sewell. Si tu travailles pas, je peux pas te garder et te nourrir. »

Ce qu'il en était venu à considérer comme sa famille n'avait pas été une famille aimante. Mais, au moins, il avait sa place quelque part. Maintenant, on l'expulsait. Est-ce que le monde allait un jour donner une place permanente à Samuel Higgins?

Sewell était dur, mais la faim, le nouveau maître de Samuel, l'était encore plus. Au début, il a pensé retourner à la campagne, auprès de sa mère. Mais il ne savait pas vraiment où la trouver, ni même si elle vivait encore. Cette vie – avec Sewell – était la seule dont il se souvenait. Et maintenant, c'était fini.

Son cœur se languissait pour sa famille perdue, mais son ventre vide était aux commandes. Il n'y avait pas d'avenir en Angleterre pour un garçon sans le sou, à part la famine et la mort. Son seul espoir, sa seule chance, c'était la mer.

Il s'est donc fait embaucher par le Griffin *en échange*

d'une assiette de ragoût et de la promesse d'un futur salaire – ce n'était pas ce qu'on appelait un contrat princier. Mais, considérant qu'il avait obtenu son ancien emploi à la suite d'un enlèvement, cela représentait la liberté; Samuel était donc très satisfait. Il ne se doutait pas alors du véritable but du Griffin *et de sa flotte, pas plus d'ailleurs que de ce qu'il allait faire sur le vaste océan qui s'étendait à l'ouest, vers un nouveau monde. Tout ce qu'il savait, c'était qu'il y avait de la nourriture dans la coquerie pour lui et un petit rectangle sur le plancher du pont, à l'extérieur des quartiers du capitaine, où il pouvait dormir. Un chez-soi.*

À titre de mousse du capitaine James Blade, Samuel était son domestique personnel. Il avait comme tâches, entre autres, de porter les repas au capitaine, de nettoyer et brosser ses uniformes et ses perruques, de vider son pot de chambre et d'aller porter des messages aux membres de l'équipage.

Pour le capitaine Blade, Samuel était moins qu'un humain, c'était un ustensile comme une cuillère ou un rasoir. « Mousse! » aboyait-il quand il avait besoin de quelque chose. Ou souvent, il criait : « Hé, toi! »

La seule fois où Samuel a eu l'audace de risquer : « Mon nom est Samuel, m'sieu », le capitaine a sorti un fouet de sa ceinture et l'a frappé sur le côté de la tête, avec le manche en os.

« Tu peux voyager sur le bateau ou dans les vagues en bas – à toi de choisir, le mousse. Mais tu m'adresses pas la parole! »

Le coup a projeté Samuel à travers l'écoutille, dans

les quartiers du capitaine, où de la nourriture chargée sur un plateau a volé dans toutes les directions. « Et lave le pont! »

Il y avait une émeraude de la taille d'une balle de mousquet, dans le manche du fouet. Elle a laissé une balafre profonde et sanglante dans la joue de Samuel. La blessure a arrêté de couler seulement quand ils ont passé les îles Canaries.

CHAPITRE CINQ

Le bureau central de Poséidon à San Diego, en Californie, a envoyé Tad Cutter et son équipe cartographier les récifs des hauts-fonds cachés, au nord-est de Saint-Luc. Comme pour beaucoup de projets scientifiques, les résultats peuvent être intéressants, mais la cueillette des données elle-même est très ennuyante.

Le travail consiste à tirer un poisson sonar, qui mesure la profondeur du fond de mer. Pour accomplir cette tâche sur plus de 441 kilomètres carrés d'océan, il va falloir chaque minute des huit semaines prévues au budget de ce projet. On a assigné quatre jeunes stagiaires à Cutter et compagnie pour leur venir en aide. Mais les premiers jours de l'été passent, et l'équipe de Cutter ne porte aucune attention à Kaz, Dante, Adriana et Star.

Jour après jour, les quatre se réveillent dans leur pavillon du complexe Poséidon et s'aperçoivent que le capitaine Bill Hamilton et son *Ponce de León*, le bateau alloué à Cutter, sont déjà partis lever les cartes sans eux.

Cutter a toujours une excuse.

— Désolé, les jeunes, mais on est tellement occupés. Recueillir une telle quantité de données en deux mois seulement ne nous laisse pas beaucoup de marge de manœuvre. Si vous n'êtes pas à bord à cinq heures du matin, on ne peut pas vous attendre.

Le lendemain, ils sont là à cinq heures, mais seulement pour constater que le *Ponce de León* a levé l'ancre à quatre heures trente. Le jour suivant, ils arrivent à quatre heures. Ils attendent près du bateau pendant trois heures, avant d'apprendre que Cutter et son équipe ont pris le catamaran pour aller chercher du matériel à la Martinique.

— Il faut qu'on porte plainte, soutient Dante. C'est notre stage et ils nous empêchent de le faire. C'est de l'escroquerie!

Mais à qui se plaindre? M. Gallagher est bien trop occupé pour les recevoir. Et quand ils le rencontrent dans l'institut, il est toujours en train de donner un cours à la caméra vidéo, qui a l'air de le suivre comme une queue. De plus, le directeur a maintenant un bandage épais à l'avant-bras qu'il porte en écharpe. Ils sont tous pas mal certains que ça a quelque chose à voir avec la mâchoire du grand requin blanc.

— S'il s'en va pas d'ici au plus vite, remarque Kaz, un de ces jours, cette chose-là va descendre du mur et le bouffer.

Le capitaine Vanover est sympathique, mais il n'est pas d'un grand secours.

— Je sais que c'est ennuyeux, mais Tad ne fait probablement pas exprès. Les gars en recherche sont comme des zombies quand ils se lancent dans un projet. Ils en mangent. Ils ne peuvent tout simplement pas se concentrer sur quoi que ce soit d'autre. Il ne faut pas vous laisser démoraliser par ça. Je suis certain que votre tour va venir.

— Peut-être, grommelle Dante, mais en quelle année?

Vanover promet de les emmener plonger une autre fois. Mais le *Hernando Cortés* est réservé presque chaque jour par d'autres scientifiques, alors il faut qu'ils attendent que le bateau soit disponible. Dans l'intervalle, le capitaine accepte d'aller parler à Bill Hamilton.

La seule autre personne qu'ils connaissent dans l'entourage de l'institut est l'Anglais, mais personne n'a le goût de lui demander des faveurs. À chaque fois qu'ils croisent le colosse dans les couloirs ou les sentiers en gravier, ils passent furtivement, et lui, il fait comme s'il ne les voyait pas.

— Tu devrais lui parler, conseille vivement Dante à Star. Il t'aime bien.

— Il aime personne, grogne-t-elle. Il me déteste moins, c'est tout. En plus, il a aucune espèce d'influence ici.

L'Anglais n'occupe qu'un poste à temps partiel à Poséidon; son travail principal est celui de plongeur sous-marin pour les plates-formes pétrolières au large, à l'ouest de l'île. Là-bas, ses compétences et son endurance sont légendaires. Il travaille à des profondeurs incroyables de trois kilomètres ou plus, à souder des conduites sous-marines et à réparer des trépans et de l'équipement qui pèsent des centaines de tonnes.

Plus ils en apprennent sur Menasce Gérard, plus ils sont intimidés.

Les jeunes ne sont pas heureux, et la situation dans laquelle ils se trouvent y est pour quelque chose. Les membres du personnel, qui les prennent en pitié, leur donnent des petits travaux ici et là. Mais faire des photocopies, aiguiser des crayons et brasser du thé glacé n'est pas exactement ce pourquoi ils se sont rendus dans les Caraïbes.

Les autres sont jaloux de Dante qui, lui, au moins, a du travail important à faire. Il obtient la permission de passer quelques heures dans la chambre noire de Poséidon pour développer ses photos sous-marines. Les photos, par contre, sont très décevantes. Elles constituent d'excellentes études de la vie sauvage, le cadrage et la composition sont magnifiques. Mais le traitement de la couleur a été tellement exagéré que le turquoise pâle de la mer des Caraïbes a l'air violet foncé.

— C'est le récif? demande Star d'un ton de doute en examinant les impressions. On dirait l'espace.

— Ça devrait être plus pâle, concède Dante.

— Ça devrait être *bleu,* corrige Star. Un récif de corail est le paysage le plus beau de la terre, et c'est pas ce qu'on voit dans tes photos. Ça prend pas un génie pour que ça ait l'air beau. En autant que l'eau est pas violette.

— Je me spécialise dans le noir et blanc, admet

Dante, penaud. Je commence seulement à m'habituer à travailler avec la couleur au labo.

Ils sont tous malheureux, mais Adriana est tout à fait misérable. Après trois étés passés avec son oncle dans un des musées les plus prestigieux au monde, pour elle, cette situation a tout d'un exil.

C'est un exil, se dit-elle en pensant avec amertume à Payton, qui est en Syrie avec son oncle Alfie.

Et pourquoi? Pour faire des courses pour une bande d'océanographes fanatiques. Avec le musée national, elle a fait des fouilles dans des ruines romaines, traduit des hiéroglyphes et pris part à la présentation d'un essai au palais de Buckingham. En comparaison, cet endroit est une plaisanterie, une très mauvaise plaisanterie.

Finalement, par contre, on n'a plus de courses à leur faire faire et les quatre se retrouvent dans le minuscule village de Côte Saint-Luc, où ils cherchent à s'occuper. Ce n'est pas facile. Comme Saint-Luc n'a pas d'industrie touristique, il n'y a pratiquement rien à faire dans le village. Il y a une petite église avec un clocher, une boucherie avec des poulets décharnés, suspendus la tête en bas dans la vitrine, et un magasin sombre, avec des fenêtres criblées de trous, qui vend des articles tellement étranges et disparates que Dante finit par l'appeler Vaudou Dépôt.

Il y a deux restaurants – un bar-rôtisserie qui est en fait beaucoup plus un bar qu'une rôtisserie, et un café de style européen, qui aurait pu se trouver dans n'importe quelle rue de Paris.

Ils préfèrent le bar-rôtisserie parce que les hamburgers à la conque ne coûtent pas cher. Dante aime s'asseoir sur la terrasse et prendre des photos des gens de la place avec sa Nikonos sous-marine. Quand il n'y a pas de passants, il prend des photos de ses trois compagnons.

Kaz, qui n'aime pas être pris en photo, lance :

— Un clic de plus et ta caméra va te servir d'anneau de nez.

— Tu peux *me* poser, intervient Star. J'ai toujours rêvé d'être violette.

Contrarié, Dante dépose sa caméra bruyamment. L'ennui et la frustration commencent à les monter les uns contre les autres.

— Ça fait une semaine qu'on est ici, dit Star en se tournant vers Adriana, et t'as jamais mis la même paire de chaussures deux fois. Combien de souliers est-ce que t'as apportés? Combien de paires de souliers est-ce que t'as?

— Assez pour t'en planter un quelque part, répond Adriana avec brusquerie.

— Bien dit, lance Kaz, qui rit tout bas, la bouche pleine de frites.

— Mêle-toi de tes affaires, kami-Kaz, lui conseille Star. Qu'est-ce que les joueurs de hockey savent, à part comment s'expédier les uns les autres à l'hôpital?

Elle ne sait pas pourquoi, mais il est évident que son commentaire a touché une corde sensible, parce que la réplique de Kaz est d'un calme tout à fait sinistre :

— T'es mieux de plus jamais dire ça.

Le ton monte comme ça, régulièrement. Mais on n'en vient pas aux coups et personne ne se sauve en courant sur la rue principale. Tous les quatre savent qu'il n'y a nulle part où aller.

On est pris ici, se dit Adriana, *au bout du monde. On est ensemble là-dedans.*

Soudain, ses yeux tombent en plein dessus. De l'autre côté de la ruelle étroite se trouve une jolie petite villa. Les fenêtres sont ouvertes pour aérer la maison, et dans la plus grande est suspendue une sorte de sculpture en bois de grande dimension. Elle ne peut pas voir de quoi il s'agit exactement, mais elle a travaillé au musée assez longtemps pour évaluer son âge. Le temps a adouci les angles de la sculpture, il y a de la peinture écaillée ici et là et le bois a été patiné par le temps et décoloré. Elle a déjà vu des pièces comme celle-là avant – des pilastres ornés de châteaux et de cathédrales, qui remontent à des centaines d'années.

Elle se lève d'un bond en renversant presque sa chaise.

— Hé, il faut que vous voyiez ça!

Ils la suivent de l'autre côté de la ruelle en terre battue où se trouve la petite maison.

— C'est un aigle, explique-t-elle, maintenant qu'elle peut voir la pièce de près.

— Quoi? demande Star. Cette grosse chose qui pend dans un filet de pêche? Je pensais que c'était un gros morceau de bois que la mer avait rejeté.

— Vous voyez? Ici, ce sont le bec et les ailes... et les griffes sont sculptées en relief contre le corps, continue Adriana sur un ton enthousiaste. Je lui donne au moins trois cents ans, peut-être plus.

— Il est cassé, commente Kaz en montrant la brisure irrégulière le long du corps de l'aigle. On dirait qu'un géant l'a arraché du haut d'un totem.

— Les totems sont nord-américains, dit Adriana en prenant un ton professoral. Je pense que ça vient d'Europe.

Star a l'air dégoûtée.

— Je sais que t'es, genre, la fille prodige d'un quelconque musée snob, mais comment pourrais-tu savoir quelque chose comme ça?

— C'est du chêne! s'exclame Adriana. Y'a pas de chêne sur Saint-Luc, juste des plantes tropicales. Il faut que ce soit arrivé par bateau. Dante, prends une photo. Je peux la numériser à l'institut et l'envoyer par courriel à mon oncle.

Dante soulève la caméra en grognant.

— Pas besoin d'un doctorat pour savoir c'est quoi. Je vais te le dire tout de suite.

Il s'arrête pour prendre la photo.

— C'est la chose la plus laide que j'ai jamais vue! reprend-il.

Pendant que Dante parle, l'occupant de la petite maison apparaît à la fenêtre. Kaz tente désespérément de plaquer sa main sur la bouche du photographe, mais il est trop tard. L'homme a tout entendu.

C'est l'Anglais.

L'énorme guide les regarde d'un air menaçant, allonge ses longs bras musclés et ferme ses volets avec fracas.

— Ça pouvait pas mieux tomber, ricane Star.

— Ah, pourquoi est-ce qu'il a fallu que ce soit lui? se lamente Dante. Hé, qu'est-ce que tu fais?

Adriana se dirige avec aplomb vers la porte d'entrée. Elle frappe rapidement et appelle :

— Monsieur l'Anglais, c'est encore nous. Pouvez-vous s'il vous plaît nous raconter l'histoire de la pièce dans votre fenêtre?

Tout d'abord, c'est comme si l'Anglais avait l'intention de les ignorer. Mais finalement, il ouvre la porte brusquement et lance un regard noir à Adriana.

— Vous, les Américains, vous avez du culot! Vous invitez tous les requins de l'océan avec votre stupidité macho! Ensuite, vous volez ma pieuvre! Et maintenant, vous venez m'insulter dans ma propre maison! Fichez le camp!

Et il leur claque la porte au nez.

— Je suis Canadien, lance Kaz, mais il ne parle pas trop fort.

Adriana avance le bras pour sonner une deuxième fois, mais Star l'attrape par le poignet.

— Oublie ça. Qu'est-ce que ça peut faire ce qu'il accroche à sa fenêtre?

— Tant que c'est pas nous, ajoute Dante avec émotion.

Mais ce soir-là, pendant le souper au centre Poséidon, Adriana s'informe auprès du capitaine Vanover au sujet de l'étrange décoration à la fenêtre du plongeur.

Le capitaine glousse.

— Pas étonnant que tu n'aies pas obtenu de réponse. Je pense que cette chose l'embarrasse.

— Et pourquoi? demande Star.

— C'est une vieille légende de famille, explique Vanover. Probablement un tas de sornettes. Il vous en parlera quand il sera prêt... Ou peut-être pas, ajoute-t-il.

— Il va sûrement pas le faire, prédit Dante. Pas maintenant que j'ai dit que c'était laid.

Adriana secoue la tête, tant elle est renversée.

— Cette pièce doit avoir des centaines d'années et il l'accroche comme ça devant une fenêtre ouverte. J'espère qu'il a des assurances.

Le capitaine laisse échapper un rire.

— Elle est bonne, celle-là! Voler l'Anglais!

Il remarque Tad Cutter qui se dirige vers une table voisine.

— Hé, Tad. Viens ici.

L'homme aux yeux bleus et aux cheveux blonds dépose son plateau sur une table libre.

— Salut Braden... les jeunes.

— Ton sonar est dans l'eau depuis une semaine environ, dit le capitaine sur un ton aimable. Pourquoi tu ne demandes pas aux jeunes de le frotter quand ils vont plonger demain?

Si Cutter est pris au dépourvu, il ne laisse rien paraître.

— Ouais, il doit être pas mal incrusté de sel, maintenant. Merci, les jeunes. À demain matin.

Il s'en va rejoindre son équipe.

— Il va nous laisser tomber, prédit Star avec ressentiment. Il dit ça chaque soir et il nous a pas emmenés une seule fois.

— Oh, je le sais, approuve le capitaine. Mais si tu veux apprendre des tours à un chien, ça aide toujours d'être plus intelligent que lui. Attendez qu'il soit minuit et allez dormir sur le bateau.

CHAPITRE SIX

Le R/V *Ponce de León* compte quatre minuscules cabines d'équipage sous le pont. Peu après minuit, les jeunes plongeurs se séparent, un par couchette, pour attendre l'aube et Tad Cutter.

Dante étend son sac de couchage sur la couchette dure et s'endort – si on peut appeler ça ainsi. Bien qu'il ne soit pas fort, le clapotis des vagues contre la coque de métal semble résonner à travers le bateau et le fait grincer des dents. Chaque fois qu'il se met à sommeiller, sa tête est poussée contre la cloison par le mouvement du bateau sur l'eau.

L'eau bleue, essaie de se rappeler Dante. *Pense en couleurs.*

C'est plus facile à dire qu'à faire. Son petit « problème »...

C'est personnel! Ça ne concerne personne!

Les gros titres des coupures dans l'album de sa mère lui apparaissent tel un collage. *Un jeune photographe de 13 ans remporte le prix de la catégorie adulte; Prodige derrière la lentille; Cède la place, Ansel Adams...* Le critique du *New York Times* a écrit que son utilisation de la lumière et de l'ombre était représentative d'un artiste de quatre fois son âge.

Ça aurait dû les contenter, n'est-ce pas?

Mais la phrase suivante était toujours la même : *Pouvez-vous imaginer ce qu'il fera avec la couleur?*

Bon, ce mystère-là est éludé. Il sait exactement ce qu'il va faire avec la couleur. Il va la massacrer. Il va rendre la mer violette.

C'est pourquoi il a sué sang et eau pour apprendre à plonger – un talent dont il aurait bien pu se passer. Un récif de corail est la chose la plus colorée sur une planète remplie de couleurs. Si, dans un endroit pareil, les riches nuances et tons ne parviennent pas à teinter son sens artistique, alors ce sera peine perdue. Et on ne rencontre pas de récifs de corail à tous les coins de rue. Il faut aller là où ils sont, ce qui veut dire sous l'eau.

Arrête de te plaindre. Tu es ici. Tu fais de la plongée. Tu t'es pas encore noyé…

Mais est-ce qu'ils vont finir par plonger encore? Qui sait comment Cutter va réagir quand il va les trouver tous les quatre endormis sur le *Ponce de León* à attendre l'équipage?

Finalement, le sommeil l'emporte. Mais c'est un sommeil agité, troublé par tout ce qui pourrait aller mal en plongée.

Descendre trop vite sans équilibrer la pression… le tympan qui éclate… douleur atroce…

Il s'agite dans sa couchette étroite. Étonnamment, c'est un des dangers les moins grands en plongée.

L'ivresse des profondeurs – l'extase des profondeurs… de l'azote gazeux dissous entraîne un état presque identique à l'ivresse…

Dante n'a jamais été soûl. Mais il est pas mal certain que trente mètres sous les vagues, ce n'est pas la place pour ça. Il y a des histoires d'horreur au sujet de plongeurs « narcosés » qui ont vraiment oublié de quel côté était la surface, et qui ont finalement manqué d'air et se sont noyés. Mais ce n'est pas le plus grand cauchemar du plongeur.

Les bends... des bulles dans le sang... de minuscules bombes à retardement dans le corps... tout ce que tu peux faire est attendre de voir si tu seras handicapé à vie ou même...

— Tué!

Il se redresse et s'assoit dans sa couchette. Le *Ponce de León* est en mouvement. Il peut sentir et entendre le vrombissement du moteur.

Il ouvre ses yeux secs et encroûtés, et se retrouve face à face avec la plus belle femme qu'il a jamais vue – grande, bronzée, avec de longs cheveux foncés (bruns?). Il en reste bouche bée.

Elle semble aussi surprise que lui. Puis elle sourit.

— Regarde, Chris, lance-t-elle par l'écoutille. Un passager clandestin.

Un homme barbu apparaît à ses côtés, du matériel plein les bras. Il regarde Dante d'un air consterné.

— Les jeunes!

— On est tous ici, réussit à dire Dante en essayant de s'empêcher de la dévisager. Tad a dit que vous vouliez notre... aide

Le sourire de la femme s'élargit encore plus – un

sourire de couverture de magazine.

— Je suis Marina Kappas, de Poséidon, San Diego. Le grincheux à côté, c'est Chris Reardon.

Elle tend la main.

— Vous pourriez nous être très utiles aujourd'hui.

Dante sort précipitamment de son sac de couchage et lui serre la main. Il y a quelque chose d'électrique, rien qu'à la toucher.

— Dante... Dante Lewis.

— Le photographe! lance-t-elle, le visage rayonnant. J'ai vraiment hâte de regarder tes photos.

Reardon semble désorienté par cet échange amical.

— Marina... est-ce que je peux te parler?

— Pas maintenant.

— Mais...

Ses traits parfaits se rembrunissent un instant.

— J'ai dit pas maintenant. Pourquoi tu ne vas pas plutôt sur le pont et faire part à Tad de la bonne nouvelle?

Dante s'empresse d'aller réveiller ses compagnons pour leur raconter qu'ils ont été découverts.

— Tu veux dire que tu t'es retrouvé face à face avec Cutter? demande Kaz en s'empressant de sortir de sa couchette.

— Pas Cutter... Marina, répond Dante. Attends un peu de la voir! ne peut s'empêcher d'ajouter le jeune garçon.

— Est-ce qu'elle était fâchée? questionne Adriana.

— En fait, elle avait l'air plutôt contente de me

voir, répond-il en toute honnêteté. Son ami, par contre, avait pas l'air enchanté.

Sur le pont, ils se présentent à Bill Hamilton, le capitaine du *Ponce de León*. Cutter est à moitié caché dans le moteur d'un compresseur d'air flottant et bricole avec une clef.

En les apercevant, le chef d'équipe grogne :

— Bon, vous êtes éveillés. Vous allez faire beaucoup d'heures de plongée aujourd'hui... trop pour le scaphandre. Mais avec cette petite merveille, vous allez pouvoir rester au fond pendant des heures.

La gêne des jeunes se transforme vite en confusion. Cutter fait comme si leur présence aujourd'hui n'était pas seulement prévue, mais essentielle. Comme s'il ne les avait pas évités pendant une semaine!

Kaz prend la parole.

— Ça prend tant de temps que ça pour nettoyer un poisson sonar?

— Oh, ça, je l'ai vérifié, il n'y a pas de problème, le rassure Cutter. Nous avons besoin de vous pour quelque chose de bien plus important. Il y a beaucoup de cavernes au fond, que le sonar ne peut pas repérer. On a besoin de votre aide pour les trouver.

— Et les explorer? demande Star avec empressement.

Cutter secoue la tête.

— Trop dangereux. Il vous suffit de marquer l'entrée avec une de ces bouées repères. Elles vont lancer un flotteur à la surface. Ensuite, on va pouvoir noter l'emplacement à partir du pont. Vous comprenez?

Les quatre jeunes sont véritablement emballés tandis qu'ils enfilent leur combinaison.

— Peut-être qu'on se trompe au sujet de Cutter et de son équipe, suggère Adriana en tirant le mince tissu pour qu'il s'ajuste à ses poignets. On dirait qu'ils vont vraiment nous laisser faire du travail, cet été.

Star est perplexe.

— J'ai vu des quantités de cartes de récifs. D'habitude, y'a pas de cavernes indiquées dessus.

— Celle-là va en avoir, lance Dante en détachant son détendeur de sa bouteille de plongée.

Au cours de cette séance de plongée, ils vont respirer directement du compresseur, au moyen de longs boyaux flexibles.

— Oublie pas que Poséidon est le numéro un, le meilleur. Ils font tout mieux que n'importe qui d'autre.

Apercevant Star qui boite en enfilant sa combinaison légère, Marina accourt pour l'aider à maintenir son équilibre.

Star se retourne brusquement et recule.

— Qu'est-ce que vous faites?

Son indignation est si honnête, si crue, que la chercheuse en reste un instant bouche bée.

— Arrête, Star... commence Dante.

— Vous me prenez pour une débutante? poursuit Star.

Marina retrouve enfin l'usage de la parole.

— Je t'ai vue trébucher. Ça arrive à tout le monde

sur une mer houleuse... même à des plongeurs experts.

— *Tu n'aideras pas Star,* débite Kaz d'un air contrit. C'est comme le onzième commandement, par ici.

La frêle jeune fille lui jette un regard furieux, tandis que Marina retourne auprès de Cutter pour l'aider à préparer le compresseur.

— Elle te fait vraiment de l'effet! À toi aussi, Dante!

— Et puis après? rétorque Dante d'un ton brusque. T'es notre partenaire de plongée, pas notre mère. C'est quoi ton problème?

La colère de Star ne disparaît que lorsqu'elle glisse sous le clapotis de la surface. Il est impossible de rester en colère ici, dans les eaux cristallines, en traversant un banc de castagnoles qui nagent en rangs serrés et forment un nuage orangé.

Il est évident qu'elle est susceptible, pour tout ce qui touche son handicap. Mais elle ne peut certainement pas reprocher à Marina Mappas d'être belle... ni en vouloir à Dante et à Kaz de l'avoir remarqué.

De toute façon, Star n'a aucun handicap sous l'eau. C'est son milieu, le monde pour lequel son corps a été conçu. Elle bat lentement des palmes pour descendre. Si, à ce moment précis, elle se réveillait soudain avec une amnésie, elle ne remarquerait aucune faiblesse à son côté gauche. Et c'est exactement comme ça qu'elle aime que ce soit.

Ici, le récif est relativement peu profond – environ douze mètres à l'endroit le plus profond – et plus plat que le site de plongée qu'ils ont visité avec

Vanover et l'Anglais. Mais la vie et les couleurs sont partout. Des éponges rouge pompier, de très hautes gorgones et des étoiles de mer de la taille d'une carpette décorent le corail. Des trompettes de mer ressemblant à des serpents, des créatures aux nuances multiples tout droit sorties des livres du Dr Seuss s'élancent d'en haut pour se nourrir de polypes. Un tétra curieux nage autour du cordon de sécurité accroché à sa ceinture. Elle le chasse en soufflant une rafale de bulles.

— Hé!

Le son porte si bien dans l'eau qu'elle reconnaît la voix de Dante. Elle aperçoit le jeune photographe, non loin, qui se balance en faisant de grands gestes. En nageant dans sa direction, elle remarque la cause de son excitation : un trou noir dans le fond de mer calcaire, dont la circonférence est environ de la taille d'un melon d'eau assez gros pour remporter un concours.

Il appelle ça une caverne?

Elle sort son ardoise de son gilet stabilisateur et gribouille TROP PETIT. Mais Dante secoue la tête et se met à manier maladroitement une des bouées repères à sa ceinture. Il échappe la cartouche, qui tombe jusque sur le sable, à côté de l'ouverture.

Dante allonge le bras pour la récupérer.

C'est maintenant au tour de Star de crier :

— Non!

CHAPITRE SEPT

Au moment même où le gant de Dante se referme sur la cartouche, la tête grotesque d'une murène sort brusquement du trou en révélant une invraisemblable gueule béante, remplie d'aiguilles mesurant trois centimètres. Saisi, Dante retire son bras rapidement et les mâchoires se referment sur le métal de la bouée repère; des dents cassées sont projetées dans toutes les directions.

En état de panique, Dante laisse tomber la cartouche et tente de saisir la valve de son gilet stabilisateur. Star l'attrape avant qu'il puisse gonfler la veste et remonter en flèche à la surface.

Elle presse son masque tout contre le sien pour communiquer son message et lui lance un regard noir : *Calme-toi. C'est pas arrivé. T'as rien.*

Dante approuve d'un signe de tête en cherchant sa respiration dans son détendeur. Il est un plongeur minable, se dit Star, mais quelquefois, la chance est plus importante que les compétences. La grosse anguille aurait pu prendre une grosse bouchée de sa main.

Tout près de là, Kaz et Adriana marquent l'entrée d'une caverne avec une autre des bouées repères. On entend un bruit sec, suivi d'un sifflement, et le flotteur file vers la surface.

Une de posée et encore cinq cents autres, se dit Star. Elle ne comprend toujours pas pourquoi Tad Cutter a besoin de ça. Cartographier chaque grotte et chaque trou d'un récif de la taille des hauts-fonds cachés va prendre des années, pas quelques mois. Ça n'a aucun sens.

Elle profite de la chance qui lui est donnée de plonger sans l'encombrante bouteille d'air comprimé. C'est un sentiment de liberté, même si elle est attachée au compresseur par son tuyau à air et son cordon de sécurité. Elle plane et plonge en piqué avec les poissons, faisant semblant d'être l'un d'eux; c'est un jeu enfantin, mais Star ne s'en lasse jamais.

Elle nage avec un banc de maquereaux, jusqu'à ce qu'ils soient éparpillés par une grosse carette. Star touche la coquille dure comme une roche de la tortue; elle a l'impression de sentir quelque chose d'ancien sous sa main gantée, un morceau de préhistoire au XXIe siècle.

Elle remarque Kaz qui flotte vers une autre caverne et détache une nouvelle bouée repère de sa ceinture. Lui non plus n'est pas impressionnant comme plongeur, se dit-elle. Mais il y a une aisance, presque une grâce dans ses mouvements – quelque chose que seuls les athlètes naturels possèdent.

Tandis que Star l'observe au travail, un gros barracuda surgit derrière le garçon.

Est-ce que je devrais l'avertir?

Elle se rappelle l'incident du requin. Kaz est

facilement effrayé et pourrait faire quelque chose de stupide. De plus, les barracudas n'attaquent jamais les humains délibérément.

Mais le barracuda de deux mètres est fouinard. Star se mord la langue, au moment où la mâchoire inférieure saillante du poisson s'avance juste derrière Kaz. Les dents étincelantes sont à quelques centimètres à peine de sa nuque.

Soudain, Kaz se retourne et se retrouve face à mâchoire avec ce prédateur bien connu. Saisi, il déclenche la bouée repère. En entendant le bruit sec, le barracuda sursaute, puis fait demi-tour et déguerpit. Star se met à rire; des nuages de bulles se bousculent vers la surface.

Adriana est tout près, parallèle au fond, et essaie de chasser un baliste agressif. Elle est un peu plus à l'aise dans l'eau que Kaz – une touriste plutôt qu'une débutante. Il est évident que, par le passé, la fille a déjà fait de la plongée au cours de vacances luxueuses.

Ça agace Star. Pas le fait qu'Adriana soit riche, mais que Poséidon ait associé Star à des équipiers aussi peu qualifiés.

Là encore, comment pouvaient-ils savoir que j'étais bonne? Ils étaient au courant de ma paralysie cérébrale...

C'est presque comme si Poséidon avait délibérément choisi de mauvais plongeurs.

On entend un cri.

— Regardez!

C'est encore Dante. S'il n'arrête pas de crier sous l'eau, il va avaler assez de sel pour faire de l'hypertension.

Il gesticule en pointant du doigt; probablement un autre terrier de lapin qu'il prend pour une caverne. Mais quand elle le rejoint à la nage, il est en train de regarder au loin, là où le récif descend dans des eaux plus profondes.

Elle plisse les yeux pour essayer de faire un zoom avant sur l'objet qui a attiré son attention. La lumière, et donc la visibilité, diminue avec la profondeur. Elle hausse les épaules de manière exagérée. Comme les plongeurs ont besoin de communiquer sans paroles, ils amplifient souvent leurs gestes, comme des acteurs sur scène jouant pour la rangée d'en arrière.

Dante dégonfle son gilet de stabilisation et descend dans la zone sombre. Star le suit. Un coup sec à sa ceinture lui indique que le cordon de sécurité s'est tendu et qu'ils remorquent maintenant le compresseur derrière eux. Elle jette un coup d'œil pardessus son épaule et voit que les autres ont aussi remarqué ce qui se passe. Kaz et Adriana battent des palmes à leur suite.

Qu'est-ce que Dante croit avoir vu? Il existe quelque chose qu'on appelle un mirage sous-marin. Ses yeux grossis derrière son masque lui donnent un air dérangé. C'est facile de croire qu'il hallucine.

Et puis, elle l'aperçoit, elle aussi.

Au milieu de cet environnement des plus naturels, c'est déconcertant de voir quelque chose de si artificiel, fabriqué par l'homme. L'avion englouti repose dans le sable, son fuselage recouvert en partie de corail et d'organismes vivants. Une aile s'est brisée lors de l'impact avec l'eau. Elle est tout près, cachée par des algues.

Le cœur de Star commence à battre si fort qu'elle a peur qu'il fasse éclater sa combinaison. C'est le plus grand prix pour un plongeur. Une épave! Elle a lu des articles sur cette expérience dans des magazines de plongée. Mais l'excitation à la vue d'une véritable épave dépasse largement tout ce qu'elle aurait pu imaginer.

Elle approche lentement, avec respect, s'attendant presque à ce que l'avion disparaisse au moment où elle va le toucher. Elle n'aurait jamais cru que ça pourrait lui arriver – et encore moins avec une équipe de marins d'eau douce! Les autres restent en arrière et l'observent d'un air un peu inquiet.

Quand elle aperçoit l'insigne sur le côté, un hoquet lui échappe – une grosse bulle parmi une multitude de plus petites. La marque est partiellement dissimulée par des anémones, mais il est impossible de se tromper. Une croix gammée. C'est un avion de guerre allemand de la Seconde Guerre mondiale!

Elle s'approche à la nage et jette un coup d'œil dans le cockpit en se demandant si elle verra un squelette aux commandes. Mais non. Le gros bombardier est désert.

Le pare-brise a éclaté, ce qui offre une entrée étroite dans l'avion.

Star hésite. Nager dans une épave peut être dangereux.

Mais c'est une occasion qui ne se présente qu'une fois dans une vie!

Elle pénètre dans le cockpit, puis se glisse entre les sièges du pilote et du copilote pour se rendre dans le corps de l'avion. L'espace est minuscule; difficile de croire que toute une équipe d'adultes a volé à bord de cette boîte de cigares. Elle avance d'un mètre environ dans le fuselage et se retrouve dans une obscurité presque totale. La seule lumière provient des deux tourelles avec vitrage anti-balles. De chacune pointe une mitrailleuse pivotante, sans danger maintenant, enveloppée d'une couche de coraux. C'est un rappel lugubre que cette coque de métal silencieuse a déjà été un instrument de guerre, un véhicule de la mort.

Elle avance en rampant vers la queue du bombardier. Ici, la noirceur est totale et les murs se referment jusqu'à ce qu'elle atteigne le plus étroit des tunnels.

Au moment où Star rebrousse chemin, sa palme se coince au plafond bas et s'enlève. Elle réagit vivement et réussit à la coincer entre ses jambes. L'enfiler de nouveau dans cet espace réduit constitue tout un tour de force. Star est surprise de constater à quel point l'opération l'a épuisée. Ses bulles, prises sous le plafond de l'appareil, convergent pour former une petite poche d'air.

Je ferais mieux de sortir d'ici.

Mais pas sans emporter un souvenir – une sorte

de preuve qu'elle est bien venue ici. Des *artéfacts,* c'est comme ça que les plongeurs d'épave les appellent. La vaisselle et l'argenterie provenant d'épaves de bateau sont particulièrement prisées. Mais quoi prendre dans un avion? Elle ne peut pas vraiment arracher une hélice de cent cinquante kilos.

Ses yeux se posent encore une fois sur la mitrailleuse. Une pleine courroie de munitions pend de la carabine en ondulant légèrement dans le courant.

Elle s'approche en rampant plus qu'en nageant, les mains agrippées au plancher de la cabine. Dégager les cartouches est plus facile qu'elle ne s'y attendait – la vieille bande se défait au contact et les balles tombent dans son gant. L'excitation qu'elle ressent à les toucher est presque tangible.

La Seconde Guerre mondiale dans la paume de ta main, se dit-elle. *Hé...*

En manipulant l'arme, elle a remué la couche de limon qui recouvre l'avion. Une tempête de particules brunes tourbillonnantes envahit la tourelle. Les balles lui glissent des mains et disparaissent.

Chercher son prix est instinctif. N'importe quel plongeur ferait la même chose. Elle baisse la tête dans le nuage, comme si elle essayait d'attraper des pommes flottant dans une bassine d'eau. C'est alors qu'elle s'aperçoit qu'il n'y a pas de pression d'air comprimé dans le détendeur qu'elle tient entre ses dents.

Il n'y a plus d'air.

CHAPITRE HUIT

Non! se dit Star, désespérée. *C'est impossible! L'air que je respire ne vient pas d'une bouteille!*

Quand la vérité lui apparaît, son sang se glace. Un vrillage dans son boyau! Son tuyau d'air doit être pris quelque part – sur un bouton, une poignée. Mais où? Elle jette un regard anxieux vers le fond de la cabine où il n'y a que la noirceur.

Elle tire doucement, mais avec insistance, sur le tuyau, espérant le libérer. L'air vital ne vient pas. *Allez!* Elle tire plus fort, tout en sachant que c'est une mauvaise idée, parce qu'elle risque de coincer le tuyau encore davantage.

Star Ling est une plongeuse tellement sûre d'elle que, quand la panique s'installe, le sentiment lui est complètement étranger. Son premier réflexe est de cracher l'embout et de s'élancer vers la surface, mais quand elle essaie de ramper hors de l'ouverture de la tourelle, son câble de retenue l'en empêche. Elle est emprisonnée dans cette tombe métallique immergée.

Elle sort son couteau et se met à agiter le bras à tâtons derrière elle, mais elle ne peut rien voir dans la tempête houleuse de limon. C'est le reflet de la lame en acier dans la tourelle qui alerte Kaz. Quand Star l'aperçoit qui nage à sa rencontre, elle se rend compte qu'il est son seul espoir. Elle gesticule comme une folle en faisant le geste de se trancher la gorge – le signal des plongeurs indiquant qu'il n'y a plus d'air.

Il semble que ça lui prend une éternité à arriver. *L'eau agit comme un verre grossissant,* se souvient-elle. *Il a l'air plus près qu'il ne l'est en réalité.*

La pensée n'est pas encourageante. Elle est sur le point de perdre conscience, son champ de vision s'obscurcit sur les côtés. Elle se force à demeurer alerte. Est-ce que ce joueur de hockey saura seulement quoi faire quand il l'atteindra?

Il pagaie avec ses mains, pour l'amour du ciel! C'est une erreur qu'on fait dans le cours de plongée de base!

Et puis, il est là. Elle s'aperçoit en reflet dans le masque de Kaz et se rend compte à quel point son état est grave. Son visage est blême, ses yeux sont exorbités d'horreur. Elle ne pourra pas tenir beaucoup plus longtemps. La noirceur s'empare d'elle.

Kaz prend une grande inspiration dans son détendeur, le crache et insère l'embout de force entre les lèvres bleuies de Star. La délicieuse bouffée d'air la ramène soudain du seuil du néant. Elle respire en profondeur en s'efforçant d'éviter l'hyperventilation.

Kaz entre en rampant dans l'ouverture de la tourelle et examine le fond de l'avion. Il agite l'eau pour faire disparaître le rideau de limon. Quand il aperçoit le détendeur de Star, il comprend le problème instantanément. Le tuyau s'est enroulé si serré autour du manche à balai du bombardier que l'alimentation en air a été coupée. L'enchevêtrement se complique davantage, à cause du cordon de sécurité de Star qui s'est emmêlé avec le tuyau d'air et s'est pris à un crochet au-dessus de la trappe d'évacuation. Kaz coupe le cordon avec son couteau, libère le tuyau et respire dans l'embout.

Émerveillée, Star l'observe. Le garçon est un plongeur maladroit, mais dans cette crise, ses mouvements sont rapides et décidés. *Ça doit être à cause de l'entraînement de hockey,* se dit-elle à contrecœur. Elle se doit d'admettre, bien malgré elle, que Bobby Kaczinski vient très probablement de lui sauver la vie.

Elle sent qu'elle tremble malgré la tiédeur de l'eau. L'incident l'a secouée... mais pas assez pour l'empêcher de ramasser une autre pleine poignée de balles en sortant de l'avion.

Ils font surface à côté du compresseur et s'y cramponnent en se laissant ballotter dans la mer agitée.

Dante est déjà en train de crier en crachant son embout.

— Ça va?

— Raconte à personne ce qui est arrivé! lui ordonne Star. Pas à Cutter... à personne!

— Qu'est-ce qui est arrivé? demande Adriana. On dirait que t'es restée coincée dans l'avion.

— S'ils croient qu'ils peuvent pas nous faire confiance comme plongeurs, c'est certain qu'ils vont nous empêcher de plonger! s'obstine Star. Promettez de rien dire!

Kaz est abasourdi.

— C'est tout ce que t'as à dire? Tu pourrais être morte à l'heure qu'il est!

— Je me suis emmêlée et mon partenaire m'a aidée à m'en sortir, insiste Star. Le système de partenaires est fait pour ça.

— C'est juste la quatrième fois que je plonge! bredouille Kaz. Ma deuxième dans la mer! Qu'est-ce qui serait arrivé si j'avais tout raté? Ils nous montrent pas ça dans les cours de plongée, Star! Qu'est-ce qui serait arrivé si j'avais pas su quoi faire? Il faudrait que je vive avec ça!

L'image de Drew Christiansen, gisant inanimé sur la glace, lui apparaît; il devient silencieux. Quel niveau de culpabilité peut-on atteindre dans une conscience?

— Te rends-tu compte de ce qu'on vient de voir? s'écrie Star. Y'a des gens qui plongent toute leur vie et qui trouvent jamais d'épave!

Elle se tourne vers Dante.

— T'as des yeux de lynx! Peut-être qu'on est tous fous et que l'eau est vraiment violette.

— J'ai juste...

Il s'arrête, intimidé.

— ...été chanceux.

— Un avion allemand! s'exclame Adriana. Peut-être qu'il faisait partie du fameux bombardement sur Curaçao. C'est une vraie découverte pour les historiens.

— C'est une vraie découverte pour nous, corrige

Star d'un ton sec, en faisant glisser la fermeture de la sacoche accrochée à sa ceinture et en en sortant une poignée de balles. Et on a des artéfacts pour le prouver. J'ai tellement hâte de les mettre sous le nez de Cutter. On va voir s'il va continuer à nous traiter comme une bande de têtards!

Comme le *Ponce de León* ratisse le récif avec son poisson sonar, les quatre adolescents doivent attendre sur le compresseur flottant que le véhicule de recherche revienne. Dante l'aperçoit presque immédiatement, un minuscule point dans les reflets thermiques à l'horizon. Vingt minutes plus tard, le bateau se range le long du compresseur.

Kaz aperçoit d'abord Chris Reardon, à moitié endormi à l'arrière, une canne à pêche à la main, pêchant le thon au chalut par-dessus le plat-bord.

— Hé, Chris! lance-t-il.

Reardon fait un rot retentissant, mais rien n'indique qu'il a entendu.

— Sors cette canne de l'eau! ordonne une voix d'un ton sec. Tu vas embrocher un des jeunes!

Marina descend sur la plate-forme avec précipitation pour les aider à monter à bord. Elle fronce les sourcils en apercevant deux bouées repères ballottant dans les vagues.

— Je sais qu'il y a beaucoup plus de cavernes que ça.

— Dante a trouvé une épave! fait Star en haletant.

Les yeux de la chercheuse s'allument tout de suite.

— Une épave?

— Un avion de la Seconde Guerre mondiale, l'informe Adriana.

— Regardez! dit Star en approchant du visage de Marina les balles recouvertes de corail.

Marina les fixe des yeux un instant, puis ses traits de super modèle se détendent et un sourire amusé apparaît sur son visage.

— Star, ce n'est pas...

Mais Star se dirige déjà en boitant vers la descente principale en appelant :

— Tad!

Les autres la suivent dans leur combinaison ruisselante.

Tad Cutter est assis à la table pliante dans la coquerie et étudie avec soin un imprimé interminable de données, sur du papier en continu.

— Y'a un avion au fond, lui annonce Star avec excitation. Un bombardier allemand.

Elle dépose les balles de la mitrailleuse sur l'ordinateur. Cutter regarde tour à tour les balles et leurs visages graves, puis il éclate de rire, d'un gros rire qui remplit la pièce.

— Hé! lance Star, insultée. Vous pensez peut-être qu'on est des petites pestes qu'il faut éviter à tout prix, mais on sait à quoi ressemble un avion!

— Non! parvient à dire le chef d'équipe, qui essaie de se contrôler. Vous avez raison. Il y a effectivement un avion au fond. Mais pas de la Seconde Guerre mondiale.

— Oui, insiste Adriana. C'est un bombardier

Messerschmidt à hélice, avec une croix gammée et les couleurs allemandes. Les Nazis en ont utilisé dans les Caraïbes pour s'attaquer aux exploitations pétrolières des Alliés.

— Et c'était exactement le sujet du film : un bombardier allemand qui s'écrase dans la mer, les informe Cutter. Les gars du studio ont construit une réplique exacte d'un Messerschmidt, l'ont remorquée jusqu'ici et l'ont fait couler sur le récif. C'est ça que vous avez trouvé. Pas une épave, un décor d'Hollywood.

Le visage de Star s'allonge d'à peu près ce qui sépare une épave disparue d'une misérable réplique abandonnée au fond de l'eau. Les autres ont l'air consternés. Il y a une minute, ils avaient l'impression d'avoir gagné le respect de Cutter et de son équipe. Maintenant, ils sont encore des moins que rien.

L'homme blond ramasse une des balles.

— Il est loin d'y avoir assez de corail pour que ce soit un artéfact de la Seconde Guerre mondiale. Au bout de soixante ans, toute la coquille serait probablement recouverte. Je dirais que ça fait trois ans que c'est sur le récif. C'est à ce moment-là que le film a été tourné.

Marina apparaît dans la descente.

— Ne soyez pas aussi déçus. Vous n'êtes pas les premiers plongeurs à découvrir cet avion et à croire que c'est quelque chose de spécial. Je ne pense pas que vous serez les derniers. Il y a beaucoup de cavernes par là, ajoute-t-elle en souriant. Il faut que vous y retourniez aussitôt que possible. Servez-vous d'oxygène pour vous aider à vous libérer des gaz. Vous en trouverez sur le pont, les bouteilles avec les étiquettes vertes.

Comme le corps, sous l'eau, absorbe un peu d'azote contenu dans l'air comprimé, il est important d'expulser cet azote avant de plonger de nouveau, le même jour. Respirer de l'oxygène pur accélère le processus.

Sur le pont, Dante retire une bouteille du casier en chancelant un peu sous le poids.

— Elle a dit les étiquettes vertes, lui dit Kaz en fronçant les sourcils.

— Ouais?

— Celles-là sont rouges.

— Oh... c'est vrai.

Embarrassé, Dante manie la bouteille maladroitement et l'échappe. Kaz enlève son pied, une fraction de seconde avant que le lourd contenant de métal s'écrase sur le pont.

Dante grimace :

— Je m'excuse.

C'est une formule qui devient vraiment utile pour lui. *Je m'excuse d'avoir failli t'écraser les orteils; je m'excuse de t'avoir tendu une bouteille contenant peut-être quelque chose qui aurait pu t'empoisonner; je m'excuse d'avoir aperçu l'avion qui est presque devenu la tombe de Star.* C'est évident que, dans ce stage, il est nul. Et pas juste quand il s'agit de plonger. Tout ce qu'il fait ici finit par mal tourner.

Kaz saisit quatre bouteilles d'oxygène et les plongeurs se les partagent. Il place le masque de plastique transparent sur sa bouche et son nez, puis ouvre le robinet.

— Ça va pas trop mal, hein? lâche-t-il d'une voix étouffée. Je sais qu'on a eu l'air idiots, mais ils veulent encore qu'on marque des cavernes pour eux. Au moins, on a pas perdu notre boulot.

— Je continue à croire qu'il y a quelque chose de louche dans tout ça, laisse tomber Star. On a deux bouées à l'eau. Est-ce qu'un d'eux en a noté la position?

En réponse, un gros ronflement leur parvient de l'arrière du bateau, où Reardon continue sa chasse au plus gros thon du monde.

Adriana place le masque sur son visage, puis le retire en léchant ses lèvres sèches d'un air pensif.

— La seule chose qui me chicote, c'est qu'ils sont supposés faire un balayage avec un sonar, non? Cartographier le récif. Mais les données que Cutter étudie sont pas des données sonar.

Sa remarque attire l'attention de Kaz.

— T'en es sûre? demande-t-il.

— Un été, le musée avait une équipe qui cherchait des anciens artéfacts romains dans la Tamise : des boucliers, des casques, des armures. Ils ont utilisé un magnétomètre à balayage latéral pour détecter la présence de métal sous l'eau. Eh bien, les données de ce balayage sont exactement comme celles qui se trouvent sur la table de Cutter.

Star fait claquer ses doigts.

— Ils cherchent quelque chose dans la mer. Quelque chose en métal.

Dante est décontenancé.

— Alors, pourquoi est-ce qu'ils ont besoin de nous pour marquer des cavernes?

Soudain, un large sourire de compréhension apparaît sur le visage de la frêle jeune fille.

— C'est du travail de cloche!

— Du travail de cloche? répète Adriana.

— Quand j'étais en cinquième année, explique Star, mon enseignante écrivait toujours quelques problèmes de maths au tableau, pour le moment où nous allions entrer dans la classe, après la cloche. C'était pas des choses qu'on devait apprendre pour des examens ou quelque chose comme ça. C'était supposé nous tenir occupés pendant qu'elle finissait son café dans la salle du personnel. Cette affaire de cavernes sert à la même chose : ils nous tiennent occupés pendant qu'ils cherchent!

Les quatre plongeurs échangent un regard solennel. Est-ce que c'est possible? Ils savent que Cutter et son équipe n'ont pas de respect pour eux, mais est-ce que ça se peut que les chercheurs les manipulent comme ça?

Kaz brise le silence embarrassé.

— O.K., disons que vous avez raison toutes les deux. Ils nous font niaiser, nous font faire des choses parfaitement inutiles, pendant qu'ils cherchent du métal dans les hauts-fonds. Mais ça répond toujours pas à la question la plus importante : pourquoi tout ce mystère? Ces gens-là sont des scientifiques qui travaillent pour un grand institut. Pourquoi est-ce qu'ils diraient pas tout simplement ce qu'ils recherchent?

D'un coup de tête, Adriana enlève les cheveux mouillés qui collent à son visage.

— D'après moi, dit-elle lentement, il doit s'agir de quelque chose de très spécial.

Dante lève un sourcil.

— Une mission du gouvernement? Peut-être top secrète?

— Peut-être, répond-elle, mais quoi que ce soit, on est plongés en plein dedans, maintenant.

3 juillet 1665

Au début, Samuel met la puanteur du Griffin *sur le compte du port de Liverpool. Mais, même une fois qu'ils se sont éloignés et naviguent sur des eaux calmes ou agitées, l'odeur effroyablement nauséabonde ne les quitte pas. Elle semble même empirer. C'est un mélange d'eau de cale, de feux de cuisson, de provisions de nourriture qui pourrit et d'odeurs de bétail, provenant des chèvres, des cochons et des poulets élevés à bord pour assurer au capitaine et à son équipage un ravitaillement de lait, viande et œufs frais.*

C'est surtout la puanteur des personnes, quatre-vingt-deux hommes sales faisant un long voyage sous un soleil accablant. L'odeur acide du mal de mer ne peut jamais être complètement effacée. Quand le trois-mâts est secoué par des vagues malveillantes, même le plus expérimenté des marins peut perdre le contrôle de son estomac. Le capitaine Blade, lui-même, n'est pas immunisé. Une fois, au cours d'une période de mauvais temps, Samuel a fait irruption dans les quartiers du capitaine et l'a trouvé à quatre pattes sur le plancher, régurgitant dans son pot de chambre.

Le capitaine s'est relevé d'un bond et a foudroyé

Samuel du regard. « Si tu racontes ça à qui que ce soit, je te fouette! »

Ce n'était pas une menace en l'air. Presque tous les jours, quelqu'un se fait fouetter sur le pont du Griffin. *Le capitaine Blade insiste pour le faire lui-même, avec son fouet au manche en os.*

« Ah, que ça fait du bien d'exercer ses vieux muscles, dit-il en souriant, tandis que sa victime sanglote dans une mare de son propre sang, le dos strié de traces rouge vif. Un homme a besoin d'activités physiques. »

Le vieux Evans, le voilier, est régulièrement victime des activités physiques de Blade. Au cours de la traversée de l'Atlantique, d'effroyables coups de vent déchirent sans arrêt les nombreuses voiles du trois-mâts. L'homme aux cheveux argentés travaille nuit et jour à coudre jusqu'à ce que ses yeux défaillants puissent à peine voir ses doigts raidis; mais il ne réussit pas à venir à bout des dommages.

« Je vais te pendre, gentleman, si l'artimon est pas à sa place avant que le mousse m'ait apporté mon souper! » rugit le capitaine.

Se faire traiter de gentleman est l'insulte suprême à bord. Un marin gentleman est un marin d'eau douce.

Dans le cas d'Evans, c'est la vérité. Il était cultivateur de profession. Son propriétaire l'a chassé des champs de pommes de terre qui lui procuraient sa maigre pitance. Evans était devenu trop faible pour être rentable et il n'avait pas de fils pour l'aider. Prendre la mer était sa seule chance de faire vivre sa femme et ses filles.

Malgré la différence d'âge qui les sépare, Samuel se sent proche du vieil homme. Ni l'un ni l'autre ne sont des marins, et c'est la pauvreté qui les a contraints au Griffin *et à son impitoyable capitaine. Le mousse du bateau passe la majeure partie de ses temps libres dans la cabine du voilier, à coudre jusqu'à ce que ses mains saignent, substituant ses jeunes yeux à ceux, affaiblis, du vieil homme.*

Même si Evans apprécie son aide, il soupçonne sûrement Samuel, au début, d'être l'espion du capitaine. Le vieil homme dit toujours des choses comme : « Le capitaine Blade est un grand homme. On est chanceux d'avoir un si bon maître sur le Griffin. *»*

Même après une flagellation particulièrement brutale, il n'a que des louanges pour l'instrument de sa misère. Tandis que, pour empêcher l'infection, Samuel verse de l'eau de mer sur le dos de l'homme marqué par des cicatrices, Evans pleurniche : « C'est un bon capitaine, qui voit de près aux affaires de son équipage. »

Samuel ne dit rien. Il n'a jamais connu son propre père et a hâte au jour où Evans va lui faire confiance et lui dire vraiment le fond de sa pensée.

Tard un soir, tandis qu'ils s'acharnent tous deux à repriser une misaine tellement trouée par les réparations qu'elle ressemble aux vêtements d'un gamin de rue, ce moment arrive enfin. À la faible lueur d'une lampe à huile détrempée, Evans dit, d'un ton neutre : « C'est un vrai fou, notre capitaine. Je le déteste. »

« Chut! » souffle Samuel en regardant nerveusement par-dessus son épaule. Puis, il chuchote : « Je le déteste aussi. Chaque fois que je touche à son pot de chambre crasseux, je veux le lui lancer en pleine face. »

« Le fouet… je le vois dans mes rêves! » Soudain, les

yeux humides et égarés du vieil homme prennent un air distant. Il poursuit : « Dans mes rêves, il est enroulé autour de la gorge blanche de Blade. Je tire, fort, de plus en plus fort. Il crie mais j'arrête pas de tirer, de serrer... »

« C'est de la mutinerie! souffle encore Samuel, horrifié. On peut être pendu pour ça! »

« Et puis, je pense à mes filles, termine le vieil homme, visiblement dégonflé, et je me rappelle que je dois éviter la corde pour elles. » Il ajoute aussitôt : « Mais ce vieux corps est pas assez fort pour survivre à une autre flagellation. Je te mens pas, Samuel. Je vais mourir sous le fouet de James Blade. »

Le temps demeure déchaîné et dangereux. Deux mois et demi après le début de la traversée périlleuse, une tempête a coulé le Viscount, *un brigantin de dix-huit canons faisant partie de leur petite flotte. Le* Griffin *a ramassé trente-quatre malheureux marins, à la dérive dans une mer démontée. Le reste a simplement glissé sous les vagues et est disparu à jamais. Le capitaine Blade est resté accroché aux enfléchures pendant toute l'opération, faisant claquer son fouet dans la pluie et le vent, et lançant des insultes tant aux sauveteurs qu'aux survivants.*

Il y a maintenant plus de cent âmes entassées dans le trois-mâts. Ils sont à l'étroit, oui, mais le pire, c'est que les conditions ne sont pas du tout sécuritaires. La fièvre se répand comme une traînée de poudre dans la masse humaine grouillante. Six hommes sont morts déjà, y compris le menuisier du bateau qui avait, entre autres responsabilités, celle de remplacer le bois endommagé ou pourri de la coque qui fuit. Le Griffin *s'enfonce trop profondément dans les eaux. On ordonne donc à Samuel de s'éloigner de la cabine du voilier et de se joindre à l'armée d'hommes qui écopent, dans l'air irrespirable de la cale puante.*

Il revient, le dos courbé de fatigue, après plusieurs heures passées en dessous, quand il entend un cri au loin : « Voile en vue! »

C'est Evans, qui est perché en haut du gréement, où il essaie de raccommoder une déchirure dans la voile de flèche carrée, au sommet du grand mât. De cet observatoire, il a aperçu un autre bateau à l'horizon.

Le capitaine sort la tête de ses quartiers.

— Un des nôtres? demande-t-il.

Evans plisse les yeux.

— Je peux pas dire, capitaine!

Blade descend en ouragan sur le pont principal.

— Est-ce que t'es un marin ou une groseille? Est-ce qu'il fait partie de notre flotte?

Samuel tente de voler au secours du vieil homme.

— Il connaît pas les bateaux, capitaine! C'est juste un fermier qui…

Bang! La grosse émeraude étincelle au soleil, puis le capitaine assène un coup sur le front de Samuel avec le manche en os de son fouet. Le garçon s'écroule au sol; des étoiles dansent devant ses yeux.

— Tu vas te faire fouetter s'il faut que je monte là-haut! hurle Blade à son voilier.

Mais Evans est paralysé. Ses yeux pâles et myopes ne peuvent pas reconnaître un vaisseau de loin et sa peur du capitaine l'empêche de deviner.

— Tu vas regretter de m'avoir dérangé!

Blade s'avance à grands pas vers les enfléchures et se met à grimper, sans hâte, mais avec l'autorité et l'équilibre qui viennent après des décennies passées sur un bateau.

C'est un cauchemar, se dit Samuel, qui regarde le capitaine s'approcher du voilier tremblant. Les paroles de son ami lui reviennent en tête : « Ce vieux corps est pas assez fort pour survivre à une autre flagellation... »

Il s'élance dans les enfléchures à son tour, grimpe à toute vitesse comme une araignée, surpris au début de constater à quel point il est rapide et habile. Les cheminées, se dit-il tandis que ses bras et ses jambes travaillent avec efficacité. Si je peux grimper aux cheminées de Sewell, je peux grimper n'importe où!

Enragé, le capitaine beugle en arrivant à la hauteur d'Evans : « Pourquoi tu peux pas reconnaître ton propre navire amiral? Je vais te fouetter jusqu'à ce qu'il reste juste une poignée de tes dents pourries! »

Le vert menaçant de l'émeraude étincelle, encore une fois, au soleil. Tout d'abord, Samuel pense que Blade va fouetter le pauvre cultivateur en plein dans les enfléchures. C'est une perspective horrifiante. Il est certain qu'Evans va perdre pied et tomber. Soudain, il s'aperçoit que le vieux voilier a attrapé le fouet et essaie de l'enrouler autour du cou de Blade.

« Non! » s'écrie Samuel, mais il sait qu'il est déjà trop tard. Selon le droit maritime, même toucher le capitaine est un crime capital. Ce qui va arriver maintenant n'est pas important; le pauvre Evans va se retrouver sur la potence, de toute façon.

« Mutin… tas d'ordures… » Avec une force incroyable, Blade réussit à se dégager. Il frappe le sommet de la tête du voilier de toutes ses forces avec ses mains jointes. Evans se fige un instant, puis lâche la corde. Horrifié, Samuel voit son seul ami plonger vers la mort, sur le pont, trente mètres plus bas.

L'effort du coup sauvage a déséquilibré le capitaine qui, avec un cri terrifié, lâche aussi prise.

Je ne vais pas l'aider, *décide Samuel, au moment où son maître plonge à la verticale dans sa direction.* Je ne vais pas sauver un meurtrier…

Son geste est purement instinctif. Tandis que le capitaine tombe, cherchant désespérément à s'agripper au gréement, Samuel allonge le bras et attrape sa ceinture. Il ne serait pas capable de retenir le capitaine, mais il ralentit ainsi l'accélération de la chute, juste assez pour permettre à Blade d'attraper la toile de corde. Le cruel capitaine reste accroché, cherchant son souffle et pleurnichant de panique, tandis que les hommes de l'équipage se rassemblent autour du corps brisé du voilier, en dessous d'eux.

Ça devrait être vous, capitaine, étendu là, mort, et Evans ici, en haut, avec moi, livrant votre âme noire au diable! *se dit Samuel en ravalant ses larmes. Mais, il dit simplement tout haut : « Ça va, capitaine? »*

Blade se redresse avec précaution pour regarder son mousse. « T'es mon ange porte-bonheur, mousse, gémit-il d'un ton las. Ouais, t'es très chanceux, Samuel Higgins. »

CHAPITRE NEUF

Lentement, mais sûrement, Dante, Adriana, Kaz et Star s'installent dans la routine de l'Institut océanographique Poséidon. Ils continuent à plonger avec Cutter et son équipe, à partir du *Ponce de León,* et à marquer des cavernes sous-marines tout en essayant de ne pas trop se faire remarquer quand ils fouinent.

— On veut pas qu'ils pensent qu'on est sur leur dos, conseille Star. Quoi qu'ils fassent.

Dante souhaite que les stagiaires s'occupent de leurs propres affaires.

— Si c'est une mission top secrète, alors, il faut qu'elle le reste.

C'est son raisonnement.

— On est juste curieux, insiste Kaz. C'est pas comme si on était des espions.

— Et qui d'autre mérite plus que nous de savoir? renchérit Star. Ils gâchent notre stage d'été. Ils pourraient au moins nous dire pourquoi.

Alors, les jeunes plongeurs continuent à s'occuper, comme on le leur demande, tout en gardant un œil sur l'équipe de San Diego, même s'il n'y a pas grand-chose à voir. Selon le capitaine Vanover, un magnétomètre ressemble beaucoup à un sonar, alors le poisson lui-même ne fournit aucun indice.

Cutter passe la majeure partie de son temps sous le pont, la tête enfouie dans des pages et des pages d'imprimés. Reardon pourrait être n'importe quel fainéant en voyage de pêche dans les Caraïbes. Il quitte rarement la poupe, ainsi que sa canne et son moulinet. Le capitaine Hamilton conduit le bateau, point. Marina est la seule qui parle aux jeunes plongeurs.

— S'il y a quelqu'un d'innocent dans l'équipe de Cutter, c'est elle, c'est certain, déclare Adriana. Elle est juste un mentor sympathique, qui s'intéresse à nous.

— Et qui a l'air d'un super modèle, ajoute Kaz pour conclure.

— Pas besoin d'être photographe pour apprécier la beauté, convient Dante.

— Les gars, vous êtes des nuls, lance Star en secouant la tête.

Ce n'est pas la première fois que les filles se moquent de Dante à ce sujet. Quand il a développé sa deuxième pellicule, plus de la moitié des photos étaient de Marina. Pour empirer les choses, le traitement était si mauvais que sa peau parfaite était du même orange vif que le corail de feu sur les photos du récif.

— Tiens-toi-s'en à l'eau violette, Roméo, lui a conseillé Adriana.

Les stagiaires gardent leurs soupçons pour eux et ne disent rien aux autres personnes de l'institut, de peur que quelque chose ne vienne aux oreilles de Cutter. Quand ils posent des questions, elles sont d'ordre général, et ils évitent de faire allusion à l'équipe de la Californie.

— Pourquoi est-ce qu'un bateau remorquerait un magnétomètre à balayage latéral? demande Adriana au capitaine, un soir, dans la cafétéria.

— Ça dépend qui est à bord et ce qu'il cherche, lui répond le capitaine. Un magnétomètre est un détecteur de métal sophistiqué. D'après les géologues, la plus grande partie du minerai de la planète se trouve sous l'eau.

— Est-ce que les entreprises minières les utilisent? demande Kaz

— Parfois. Mais les équipes de récupération les adorent aussi... en fait, ce sont des appareils utiles pour toute personne qui veut retracer quelque chose de gros sous l'eau. Comment est-ce que vous pensez qu'ils ont trouvé le *Titanic?* L'armée les utilise aussi beaucoup. Ils cherchent toujours des choses – de l'équipement et du matériel qu'ils ont perdus dans la mer.

Dante lance aux autres un regard plein de sous-entendus. Serait-il possible que la mystérieuse mission hypersecrète de la marine consiste à chercher un sous-marin qui a coulé, ou même une bombe nucléaire égarée?

— Mais par ici, poursuit le capitaine, beaucoup des recherches avec magnétomètre sont faites par des chasseurs de trésor.

— Des chasseurs de trésor? répète Star.

— Bien sûr! affirme le capitaine. Il y a quelques

centaines d'années, ces eaux étaient l'autoroute de l'argent. Et on dit que la moitié, au moins, repose au fond de la mer, quelque part.

Adriana hoche la tête d'un air entendu.

— Au cours des XVIe et XVIIe siècles, les Espagnols ont expédié en Espagne des milliards en trésor provenant du Nouveau Monde.

— Beaucoup de ces bateaux ne se sont jamais rendus en Europe, explique Vanover. Ouragans, récifs, pirates... C'est pour ça qu'un magnétomètre est utile. L'or et l'agent sont du *métal.* Si un galion a coulé dans le secteur, on pourra voir sa cargaison sur le balayage.

Dante est impressionné.

— Et ça marche? Il faut juste le remorquer un peu partout jusqu'à ce qu'on trouve, puis on est millionnaire?

— C'est un peu plus compliqué que ça, Dante, répond le capitaine en riant. Premièrement, la mer est très grande... n'oublie pas qu'elle couvre les trois quarts de la surface de la terre. Deuxièmement, la plupart de ces épaves sont sous des milliers de mètres d'océan, beaucoup trop profond pour un plongeur. Mais, même si on repère une épave en eau peu profonde, ça ne veut pas dire qu'on va trouver un bateau plein de lingots d'or sur un fond sablonneux. Ces vieux bateaux-là étaient faits en bois. Maintenant, il n'en resterait presque plus rien : des vers microscopiques dans l'eau les auraient mangés petit à petit. Et la majeure partie de ce qui resterait serait enfoui dans le corail, ce qui est un autre problème. La loi interdit de détruire un récif vivant.

— En d'autres mots, oublie ça, conclut Kaz.

— La grande majorité des chasseurs de trésor cherchent pendant des dizaines d'années et ne trouvent jamais grand-chose, acquiesce Vanover. Mais il y a des exceptions. Un homme nommé Mel Fisher a déterré deux galions des Keys, en Floride, et a trouvé des centaines de millions en or et en pierres précieuses.

Dante siffle.

— Sa fortune est faite!

— Pas nécessairement, dit le capitaine. À qui appartiennent les trésors engloutis sous l'eau? Maintenant, le gouvernement le poursuit et il doit se payer plein d'avocats.

— Avec une centaine de millions, tu peux embaucher beaucoup d'avocats, fait remarquer Dante. C'est pas juste riche, c'est rouler sur l'or.

Avoir beaucoup d'argent, c'est le rêve secret de Dante. Ce n'est pas que la plupart des gens ne veulent pas être riches. Mais pour un artiste, avoir de l'argent a une signification spéciale : c'est la liberté. Il peut pratiquer son art sans avoir à s'inquiéter de vendre des photos ou de gagner sa vie.

Un photographe sans souci financier n'a pas à apprendre à travailler avec la couleur; ce qui est tout un avantage aux yeux de Dante.

Pas besoin de plonger.

Dante est le plongeur le moins talentueux du

groupe, mais même ses compétences médiocres s'améliorent. C'est la même chose pour tous les autres, ce qui s'explique sûrement par le fait qu'ils accumulent énormément d'heures de plongée.

— Tu apprends à plonger en plongeant, se plaît à dire Star. Même un singe s'améliorerait s'il passait autant d'heures que nous sous l'eau.

Quand il s'agit de plongée sous-marine, Star s'accroche aux compliments, de la même manière qu'un avare à ses sous noirs. À l'entendre parler, les seules personnes qui ont jamais été capables de plonger sont elle, l'Anglais et Jacques Cousteau, probablement dans cet ordre.

Ça agace Kaz. *Elle pense qu'on est tous inutiles,* se dit-il avec amertume. *Je lui ai probablement sauvé la vie dans l'avion et elle a jamais pris la peine de me remercier.*

En fait, Star est très consciente des progrès que fait Kaz comme plongeur. Sa technique n'est pas raffinée, mais le talent naturel d'athlète du Canadien lui donne de la force, de la résistance et un contrôle corporel impressionnants. Il peut aussi retenir son souffle pendant un an! Une fois, le câble de retenue d'Adriana s'est emmêlé dans une colonie de gorgones. En essayant de se libérer avec son couteau, elle a coupé accidentellement son tuyau d'air. Il a fallu qu'elle « respire en copain » pour remonter à la surface, et donc qu'elle partage le détendeur de son partenaire Kaz.

C'est un moment stressant pour n'importe quel

plongeur, mais Kaz est demeuré calme, tout comme il l'avait fait dans le bombardier allemand. Star les a regardés monter avec anxiété, prête à offrir son aide. Ils n'en ont pas eu besoin. D'après ce qu'elle a pu voir, Kaz a eu besoin d'à peine une ou deux bouffées d'air, au cours de la remontée. Comment une brute du hockey peut-il apprendre à faire ça?

Il y a une chose à laquelle Kaz ne réussit pas à s'habituer : ce sont les requins. Avec l'eau qui agit comme un verre grossissant, même un petit requin de récif semble plutôt intimidant, avec sa gueule assez grande pour t'arracher la main. Et, bien sûr, il y a toujours un requin-tigre de six mètres rôdant quelque part – à moins que toute cette histoire de Clarence soit un numéro monté de toutes pièces par Vanover pour les faire tenir tranquille.

Quel farceur, se dit Kaz. Il aime le capitaine. À Poséidon, Vanover est la seule personne qui semble prendre les stagiaires d'été au sérieux, à part peut-être Marina.

Mais Bobby Kaczinski ne trouve pas les requins très drôles.

Les jeunes plongeurs font toujours relâche après quatre jours pour se libérer des gaz, c'est-à-dire laisser leur système évacuer l'azote résiduel. Ça leur donne l'occasion d'apprendre à se connaître au-dessus du niveau de la mer. L'étrange tournant qu'a pris leur stage semble les avoir obligés à se serrer les coudes. C'est quelque chose qui ne se serait peut-être jamais produit si l'été s'était déroulé comme prévu.

L'institut leur prête des vélos de montagne; ils explorent donc les autres villages de Saint-Luc, et se baignent aux nombreuses plages et anses qui ceinturent la petite île. Même lorsqu'ils ne sont pas sur le récif, ils passent la majeure partie de leur temps dans l'eau. C'est la seule façon de surmonter la chaleur accablante.

Au début, Star est maladroite à vélo, jusqu'à ce que Kaz suggère aux autres de ralentir pour qu'elle puisse les suivre. Puis, on ne sait trop comment, la fille qui boite se met à accélérer à tel point que Kaz est presque incapable de la suivre. Ils passent les heures qui suivent à haleter pour suivre son rythme dans les chemins de terre.

— Maintenant, je sais quoi faire pour faire bouger les choses ici, commente Kaz. On a qu'à dire à Star qu'elle est pas capable de le faire.

— Peut-être qu'on devrait la défier de climatiser l'île, dit Dante, qui halète en s'efforçant de grimper une pente, à l'arrière du groupe.

Alors qu'ils font le tour de la côte ouest de Saint-Luc, un nouvel horizon se dessine – des plates-formes pétrolières massives s'étendant au large sur la mer des Caraïbes, comme une série de gigantesques arceaux de croquet.

— Wow! souffle Dante, regardez-moi ça.

Voir une chose fabriquée de main d'homme dans un endroit aussi éloigné que Saint-Luc est tout à fait déroutant. Les immenses tours de béton et d'acier s'élevant à des centaines de mètres au-dessus de la mer semblent presque irréelles – comme un trompe-l'œil ingénieux qui aurait été peint à l'horizon.

— Ça doit être ici que l'Anglais travaille, avance Kaz d'une toute petite voix.

Se glisser sous les vagues au pied d'installations si imposantes n'est pas loin d'être terrifiant. Mais pour l'Anglais, ce n'est probablement pas une grosse affaire. La mer n'intimide pas Menasce Gérard.

Elle n'oserait pas.

CHAPITRE DIX

Marina Kappas examine les vagues qui agitent légèrement la mer des Caraïbes en serrant ses lèvres au contour exquis.

— Ce n'est pas trop mal à la surface. Mais je parie qu'il y a du courant quelques mètres plus bas.

— Ouais, et puis après? demande Star, qui bâille, puis saute de la plate-forme.

Marina se tourne vers les trois autres stagiaires.

— Vous serez accrochés au compresseur, mais sans ligne d'ancrage, vous pouvez dériver sans vous en rendre compte, dit-elle, l'air inquiet. Et vous feriez mieux de surveiller Star. Quelquefois, trop de confiance peut nuire.

Kaz baisse son masque.

— On va la garder à l'œil, dit-il. Mais faut pas qu'elle sache que j'ai dit ça.

Dante plonge dans les vagues avec un *flac,* mord son détendeur, dégonfle son gilet de stabilisation et descend. Eh oui, il y a du courant quelques mètres sous la surface. Un courant constant qui vous repousse lentement, mais irrésistiblement.

Pas de panique, se dit-il en se rappelant l'entraînement qu'il a suivi pour obtenir son accréditation. *Continue simplement à descendre.*

Le conseil se révèle pertinent. À dix mètres, le courant faiblit et cesse de le malmener. C'est alors qu'il remarque quelque chose d'anormal.

Où sont passés les poissons?

Le récif est désert. Le corail est toujours là, envahi d'anémones et de gorgones. Mais l'embouteillage permanent de poissons qui caractérise les hauts-fonds cachés s'est tout simplement évaporé.

Il lance un regard interrogateur à Adriana. Sa partenaire hausse les épaules, déconcertée.

La perturbation arrive d'en haut. Au début, on dirait un rapide à portage – une vague violente d'eau écumeuse s'avançant à toute vitesse.

Dante essaie d'attraper sa caméra pour prendre le phénomène en photo, mais il se tourne trop vite et se met à tournoyer sur un axe diagonal, comme un globe. En regardant à travers la lentille de la Nikonos, il aperçoit un panorama embrouillé, puis... un museau protubérant et deux yeux qui le fixent!

Il sursaute de frayeur, puis reconnaît la créature en face de lui.

Un dauphin!

Tout un groupe de dauphins, en fait, parcourant le récif dans une cacophonie de cris aigus et de claquements. Dante essaie de les compter, mais les mammifères marins se déplacent trop vite, plus vite, en fait, que tout ce qu'il a déjà vu sous l'eau. Il y en a au moins vingt, peut-être trente, plongeant et piquant du nez à toute vitesse.

Son visiteur lui tourne autour à la vitesse de

l'éclair, puis se précipite pour aller rejoindre le groupe.

Pas étonnant que les poissons aient déguerpi. C'est une partie de chasse. Ils ont pas disparu, ils sont cachés!

Il se met à prendre des photos. Dante a déjà vu des dauphins, mais seulement dans des aquariums et des parcs thématiques. On dirait les mêmes – des dauphins à gros nez de l'Atlantique. Mais les spectacles dans les bassins n'ont rien à voir avec ce qui se passe ici, où la personnalité de ces animaux s'affirme avec éclat. Les yeux des poissons sont vides et fixes. Mais le dauphin a du charisme; il donne même l'impression d'avoir le sens de l'humour. La face qui a terrifié Dante n'est pas menaçante. Au contraire, elle semble presque se moquer, comme si elle disait : « Ouache, quel mauvais nageur! Qu'est-ce que tu fais dans mon océan? »

J'ai besoin d'une caméra vidéo, se dit Dante. Des images fixes ne pourront jamais rendre justice au caractère enjoué des dauphins. Il plisse les yeux pour essayer de distinguer un petit objet sombre qui semble nager avec le groupe. C'est une coquille de conque qui saute d'un museau à l'autre. Un jouet!

Ils sont presque humains! Dante se demande si les dauphins apprécieraient le compliment.

Un museau habile lance la coquille directement dans les mains de Kaz. Le garçon la balance dans la troupe qui la renvoie à Adriana.

Ils font pas que s'amuser, s'émerveille Dante. *Ils jouent avec nous!*

La partie dure peut-être trente secondes, jusqu'au moment où Dante cafouille et échappe la coquille, ce qui lui vaut une réprimande grinçante d'un cétacé d'un mètre cinquante. Il n'oubliera jamais ce moment d'interaction avec ces créatures si étrangères et pourtant si bizarrement humaines.

Mais Star n'est pas prête à dire au revoir à leurs nouveaux amis. Elle bat des palmes avec une force herculéenne, se propulse derrière une nageoire dorsale et s'y accroche. Le dauphin semble d'abord surpris, puis il accélère et emmène la jeune fille faire un tour. Soudain, Dante sent son cordon de sécurité qui se tend. Et le voilà qui fonce dans l'eau avec une vélocité spectaculaire.

La peur se transforme bientôt en stupéfaction. Comme les quatre plongeurs sont connectés par l'entremise du compresseur, le dauphin de Star les tire tous à la fois! Il peut voir Kaz et Adriana qui flottent à sa suite. Les bras de Kaz sont déployés comme les ailes d'un avion; ils s'amusent comme des fous!

C'est comme un genre de montagnes russes sousmarines.

Les autres dauphins nagent à la même allure. Ils longent le récif si vite que celui-ci semble embrouillé.

Mais est-ce que ce n'est pas dangereux?

Dante n'a même pas le temps de voir la tête corallienne qui se précipite sur lui.

CHAPITRE ONZE

Bang!

Dante rebondit sur la tour de calcaire comme une poupée de chiffon. La secousse arrête le compresseur à la surface et fait culbuter Star qui lâche prise. La promenade est terminée. Quelques secondes plus tard, le groupe turbulent disparaît de leur vue.

Les plongeurs se rassemblent autour de Dante, suspendu dans l'eau, étourdi, mais sain et sauf, la Nikonos pendant toujours de son poignet.

Star scrute l'intérieur de son masque, craignant que la collision lui ait fait perdre conscience. Mais les yeux de Dante sont ouverts et alertes, rivés sur le fond de mer.

Pour Dante, c'est comme étudier un stéréogramme – le moment où ton cerveau établit un lien et que tu plonges dans les profondeurs du 3-D. Il ne s'agit même pas d'une image réelle – plutôt de son écho, formé par des milliers de couches de polypes de corail, croissant sur un objet enfoui et oublié depuis longtemps.

Dante dégonfle son gilet de stabilisation et commence à descendre au fond. Les autres le suivent, perplexes. Ils ne voient rien, ne *peuvent* rien voir.

Dans son excitation, il manipule son ardoise avec

maladresse et l'échappe presque. Il gribouille le mot qui lui martèle le cerveau, au point d'accélérer dangereusement son pouls :

ANCRE.

Les autres le fixent du regard, l'air déconcertés.

Est-ce que vous êtes aveugles? veut-il hurler. *Juste ici... en plein sous votre nez!*

La même déficience qui l'empêche, à son grand désespoir, de percevoir les couleurs lui révèle la présence de l'ancre, par le jeu subtil de la lumière, la texture et l'ombre. Les autres ne la verront jamais. Il doit la leur montrer.

Mais comment? Le corail est comme de la pierre; c'est de la pierre sous les couches vivantes de la surface.

Environ un mètre plus loin, le récif fait place à un fond sablonneux. Il se met à creuser à deux mains. Immédiatement, la boue et le limon brouillent l'eau, auparavant claire comme du cristal.

Star, Kaz et Adriana l'observent et ne comprennent visiblement pas. Est-ce que la collision lui a embrouillé le cerveau? Pourquoi est-ce qu'il se sert du fond de mer comme d'un carré de sable?

Kaz lui touche le bras, mais Dante le repousse en se secouant. Il a un travail à faire; il doit creuser un tunnel pour trouver l'ancre perdue. *Quelle taille est-ce que ça a? Si le dessus est assez long, alors elle devrait mesurer environ...*

Son gant heurte quelque chose de dur.

— Je l'ai! s'écrie-t-il dans son détendeur.

Il a soulevé tellement de limon que la mer est un bouillon brun. Il saisit la main gantée de Kaz et la presse contre le fer ancien.

Star enlève une palme et l'agite pour éclaircir l'eau au-dessus de l'objet enfoui. Ils peuvent distinguer une tige épaisse, munie d'un anneau solide. Un petit disque noir flotte à côté, dérangé par le creusage.

Un éclat provenant du vieux métal?

Dante le fourre dans sa sacoche de plongée; ce sera la preuve de l'existence de l'ancre. Mais il y a un autre problème : comment faire pour retrouver cet emplacement?

Il se rappelle soudain les bouées repères. Il en attache une autour de l'anneau en fer et lance le ballon vers la surface. Ils remontent en le suivant, ajustant avec précaution leur rythme à leurs bulles les plus lentes.

Quelques poissons téméraires les regardent remonter – des éclaireurs aventureux sortant de leur cachette pour s'assurer que les dauphins sont partis. Le récif revient à la normale.

Les plongeurs émergent dans les vagues et franchissent à la nage la courte distance qui les sépare du compresseur. Le *Ponce de León* est presque au-dessus d'eux, une silhouette contre le soleil brillant.

— Par ici! halète Star en agitant les bras.

— On a trouvé quelque chose! ajoute Dante.

Marina saute sur la plate-forme pour les aider à monter à bord.

— Je ne vois pas beaucoup de bouées.

— C'est pas une caverne, s'exclame Dante, c'est une ancre!

— Vous plaisantez!

Cutter arrive en courant, Reardon sur ses talons. Bientôt, les quatre plongeurs sont debout, dégouttant sur le pont.

Adriana enlève ses palmes.

— Est-ce que c'est ça que vous cherchez? Avec le magnétomètre? ajoute-t-elle. On sait que vous prenez pas des relevés sonar.

Les trois travailleurs scientifiques échangent un regard qui en dit long. Finalement, Marina prend la parole.

— Notre poisson peut faire les deux – balayage latéral et sonar. Quand on va publier notre carte, elle va comprendre un rabat avec les dépôts minéraux sous le récif. C'est à ça que le magnétomètre sert.

— Vous avez vu une ancre? demande Reardon d'un ton bourru.

— C'est Dante qui l'a trouvée, explique Kaz, tout essoufflé. Elle est presque toute cachée dans le corail. On peut voir qu'elle est très vieille.

— J'en ai un morceau, ajoute Dante en fouillant dans sa sacoche.

Cutter fronce les sourcils.

— Un morceau de l'ancre?

— Ça ressemble à un éclat.

Le photographe sort le petit disque noir. Sa forme est irrégulière, mais plutôt ronde, et il fait environ sept centimètres de diamètre.

— Est-ce qu'on peut le faire analyser? Pour savoir quel âge il a?

Reardon laisse échapper un hoquet de surprise que Marina interrompt avec un regard sévère. Cutter prend la parole en pesant ses mots.

— Je vous dis ça maintenant, parce que je sais à quel point vous avez été embarrassés quand tout le monde à l'institut a entendu parler de l'avion allemand. Les jeunes, vous venez tout juste de trouver l'ancre du *Queen Anne's Revenge.*

Adriana le regarde, bouche bée.

— Le bateau de Barbe-Noire?

— Est-ce que vous vous souvenez du film? Harrison Ford jouait le rôle du plongeur qui a trouvé l'ancre enfouie dans la boue.

— Vous êtes pas en train de nous dire que c'est un autre accessoire de cinéma? demande Star, dont les yeux se sont faits tout petits.

Cutter hoche la tête.

— Ça a pris trois semaines aux personnes qui faisaient le repérage pour la planter assez creux.

— Cette ancre-là était pas dans la boue, fait remarquer Kaz, elle était dans du corail.

— Le corail croît vite, renchérit Marina, surtout sur quelque chose de dur comme une ancre. En quelle année est-ce que le film a été tourné? Ça fait sept ou huit ans?

— Mais le *Queen Anne's Revenge* a pas coulé dans la mer des Caraïbes, fait observer Adriana. Il a échoué sur les côtes de la Caroline. Pourquoi est-ce qu'ils ont fait le tournage ici?

— À l'écran, de l'eau, c'est de l'eau, fait Cutter en haussant les épaules. On ne peut pas dire à quelle latitude on est, juste en la regardant. Les gens d'Hollywood aiment travailler là où la mer est belle, tiède et claire comme du cristal. C'est plus facile et moins cher.

Dante regarde l'éclat de son ancre avec tristesse.

— Aucune valeur.

Au moment où il recule pour lancer le disque noir à la mer, Reardon fonce sur lui et le lui arrache des mains.

— Est-ce que ça te dérange si je le garde? demande-t-il. Harrison Ford est mon idole.

Star a l'air dégoûtée.

— Est-ce qu'il y a quelque chose d'autre qu'on devrait savoir, si on veut pas passer pour une bande d'imbéciles? Est-ce que Steven Spielberg a recréé le continent perdu d'Atlantis près de la plate-forme pétrolière?

Marina se met à rire.

— Vous n'êtes pas des imbéciles. Vous faites du très beau travail et vous êtes en train de devenir d'excellents plongeurs. Il ne faut pas être obsédé par des ancres au fond de l'eau ou des découvertes bizarres. Vous allez juste finir par être déçus.

— C'est vrai, reconnaît Cutter. Tout ce qui a de la valeur dans ces eaux a été récupéré il y a des dizaines d'années. Il n'y a plus rien à trouver par là.

Tout au long de la conversation, Chris Reardon n'a pas détaché son regard du petit disque noir.

11 août 1665

La provision de fruits du Griffin *est pourrie depuis longtemps et, en plus, infestée de vers.*

— Mange-la, mon petit Samuel, ordonne York, le barbier du bateau. Les vers aussi. Comme ça, tes dents vont rester dans ta bouche.

Samuel ferme les yeux et prend une minuscule bouchée de la pomme moisie. Il peut sentir les vers grouiller sur sa langue. Il avale rapidement en se retenant de vomir.

À titre de barbier, York a de nombreuses autres responsabilités. Il est le seul médecin, apothicaire et dentiste à bord du Griffin.

— Le scorbut s'attaque d'abord aux dents, récite-t-il. Après, au cerveau et ensuite, à ta vie.

C'est exact. Au début de la traversée, chaque membre de l'équipage a reçu une petite quantité de fruits. Ceux qui n'ont pas jalousement fait des réserves sont maintenant sérieusement affectés par la maladie. Sans dents, le corps courbé sous la douleur, ils titubent sur le bateau en essayant d'accomplir leurs tâches. Il y en a beaucoup plus qui ont cessé d'essayer et qui restent allongés dans leur couchette, les yeux grands ouverts, le regard perdu.

Quatre mois après leur départ de l'Angleterre, il ne reste que soixante hommes des quatre-vingt-deux marins et trente-quatre survivants du Viscount, *à peine la moitié. Le reste a succombé au scorbut, à la fièvre et aux assauts incessants de l'Atlantique. L'odeur écœurante de la mort vient se mélanger à la puanteur abominable du bateau.*

Les funérailles font de plus en plus partie de la routine – deux ou trois par jour, maintenant. Normalement, on enveloppe le corps d'un linceul pour l'inhumer dans la mer. Mais c'était le voilier qui cousait les linceuls, et il est mort depuis longtemps. Samuel s'efforce de le remplacer, mais il ne peut pas faire plus que s'assurer que la toile en patchwork du Griffin *reste fixée à la mâture. Les morts sont donc expédiés nus dans leur dernier lieu de repos.*

— Pour les requins, ça fait pas de différence, affirme le capitaine. Un repas, c'est un repas, qu'il soit enveloppé ou non.

Le cruel marin, qui ne manque jamais une flagellation, n'assiste jamais aux funérailles.

— Un capitaine a des choses plus importantes à faire que de nourrir les poissons, a-t-il dit à Samuel.

Il ne se passe pas une heure sans que Samuel se maudisse d'avoir sauvé la vie de son maître, sur les enfléchures. Plus le trois-mâts approche du Nouveau Monde, plus la haine qu'il ressent envers le capitaine grandit; elle ne s'atténue pas.

Mais même si le ressentiment s'accentue chez Samuel, James Blade commence à éprouver de la sympathie pour le mousse qui a arrêté sa chute, un certain jour fatidique.

Il n'y a pas de différence apparente. Le capitaine

continue à le traiter comme un esclave indigne du moindre respect. Mais c'est Blade qui a ordonné au barbier de surveiller le jeune marin, que l'équipage surnomme maintenant le Chanceux.

Tant pis si les hommes du Griffin *évitent York comme s'il était le diable en personne. On l'aperçoit souvent couvert de sang, en train de scier la jambe d'un malheureux marin. À cause de l'amitié que lui témoigne maintenant le barbier, Samuel se sent encore plus comme un exclu. Il peut remercier James Blade pour ça.*

Alors que Samuel écope dans la cale du bateau, des renseignements lui viennent aux oreilles, rien pour changer la nature des sentiments qu'il éprouve envers le capitaine. Tandis qu'il se bat avec les pompes et la puanteur, il entend des marins glousser de joie en parlant du jour où le cargo sera rempli d'or et d'argent. Bientôt, disent-ils, le Griffin *va s'enfoncer dans l'eau, tant il sera chargé de trésors espagnols pillés, et tout le monde à bord sera devenu riche.*

Quand son quart est terminé, Samuel retourne dans les quartiers du capitaine à toute allure, ignorant la fatigue et les crampes dans ses muscles. Il trouve Blade installé à son petit bureau, examinant son journal de bord – le journal secret du capitaine d'un bateau qui a déjà suivi cette route. Aucune carte, aucun diagramme, aucun instrument n'est aussi essentiel pour assurer la sécurité d'un voyage que le journal d'un bateau qui a déjà fait le même voyage.

— Capitaine! s'écrie Samuel.

Angoissé, il raconte ce qu'il a entendu de la bouche

des autres hommes dans la cale.

— C'est pas vrai, hein, capitaine? Dites-moi pas qu'on est juste… des pirates!

— Des pirates?

Le manche en os du fouet s'abat sur la tête de Samuel avec une force meurtrière. La dernière chose que Samuel entrevoit avant que la cabine du capitaine devienne noire est James Blade, les joues violacées de rage.

Quand Samuel se réveille, la douleur est si cuisante qu'elle lui brûle jusqu'à l'âme. Il est dans la salle de chirurgie du barbier. York verse de l'eau de mer sur la coupure sanglante, au sommet de la tête du garçon.

— Un conseil très amical, mon p'tit Samuel, dit l'homme avec une pointe d'humour dans la voix. Il faut jamais utiliser le mot « pirate » devant le capitaine Blade. Une bonne chose que t'es dans ses faveurs.

Samuel essaie de s'asseoir, mais la douleur est trop vive.

— On est des pirates, marmonne-t-il avec amertume. Des voleurs. Des assassins aussi, probablement.

— Écoute-moi bien, le mousse, lui dit York. On est des patriotes et le roi d'Angleterre est à cent pour cent derrière nous. Il y a des papiers à bord que le roi lui-même a signés à Londres. Ces papiers nous donnent le droit – non, la responsabilité – d'attaquer et de détourner des navires ennemis dans les Indes.

Samuel fronce les sourcils.

— Comment est-ce que ça aide l'Angleterre de voler leur trésor?

— Avec de l'or, on peut acheter des bateaux, mon

gars. Et former des soldats et leur fournir des mousquets et des canons, explique le barbier. On est en guerre, le Chanceux, et la richesse, c'est le pouvoir. La marine royale peut pas gaspiller un bateau pour chaque trou infect du Nouveau Monde. C'est notre lot à nous, les patriotes, les corsaires! Avec nos lettres de marque, on a autant de droits qu'un magistrat, pour attaquer les sales Hollandais.

— Mais... commence Samuel, déconcerté, ils parlaient de trésors espagnols, pas hollandais.

— Oui, c'est vrai, admet York. Et c'est vraiment embêtant pour nous que Sa Majesté – Dieu le bénisse – ait demandé une trêve aux maudits Espagnols. Mais l'océan est vaste et les couronnes de l'Europe, très loin. Les erreurs, ça arrive, tu me suis? Un bateau espagnol ressemble beaucoup à un bateau hollandais, en plein cœur de la bataille, et un trésor est un trésor. On se fiche pas mal de la main de quel cadavre on l'arrache.

Il passe un bras autour des épaules du mousse, et Samuel a un haut-le-cœur quand il sent l'odeur de pourriture que dégage son tablier maculé de sang. Le visage grêlé du barbier est à peine à trois centimètres du sien, et son haleine pue autant que tout le reste.

— Et dans cette partie du monde, le Chanceux, y'a pas un trésor qui brille plus que l'or espagnol.

CHAPITRE DOUZE

Kaz avance dans la noirceur en trébuchant le long du trottoir de bois qui relie le complexe Poséidon à la petite marina. Il est 4 h 45. La lune est à peine visible. Seules quelques étoiles qui scintillent dans le ciel couvert éclairent son chemin.

Un bruit sourd, celui de son sac de plongée qui tombe sur le quai. Au moment où Kaz se penche, tâtonnant dans l'obscurité, son couteau glisse hors de sa gaine et *boing,* sa pointe va se planter dans les planches érodées. Le pied de Kaz aurait tout aussi bien pu se trouver là.

Avec un grognement étouffé par un bâillement, il ramasse son équipement. Les joueurs de hockey transportent beaucoup d'équipement aussi. Pourquoi a-t-il les deux pieds dans la même bottine, ce matin?

— Kaz! C'est toi?

Dante lui fait signe dans la lumière du port. Kaz ramasse toutes ses choses et se dépêche d'aller le rejoindre.

— Où est le bateau?

— Parti, répond le garçon.

— Pas vrai!

Les yeux plissés, il fait l'inventaire des divers bateaux de recherche et vedettes qui ballottent près du quai. Pas de *Ponce de León* en vue.

— Peut-être qu'il est à l'entretien, suggère Dante. Comme pour un changement d'huile...

— Ou la rotation des pneus, ajoute Kaz sur un ton sarcastique.

— Tu sais ce que je veux dire. Des affaires de bateau.

— Quelles affaires de bateau?

Star sort de la pénombre, son sac de plongée en bandoulière. Adriana est juste derrière. Elle jette un regard rapide autour du port.

— Pas encore! Je pensais que c'était fini, tout ça.

— Ça pourrait être un problème d'entretien, lance Dante.

— Ouais, ben alors, je veux l'entendre de la bouche de Cutter.

Star lance son équipement sur le quai, tourne les talons et emprunte de nouveau le trottoir de bois qui va à l'institut. Le balancement causé par sa claudication détonne avec sa démarche presque militaire. Mais les autres la suivent sans commentaire. Ils reconnaissent trop bien le regard déterminé sur le visage de la frêle jeune fille.

Seul Kaz risque une parole pour la dissuader.

— Tu sais que, si le bateau est à l'entretien, Cutter en profite sûrement pour rattraper du sommeil.

— Je me fiche qu'il soit dans le coma.

Star avance à grandes enjambées déterminées jusqu'au petit pavillon et frappe à la porte.

Le chef d'équipe n'est pas chez lui, alors ils

essaient le laboratoire principal, où Cutter, Marina et Reardon partagent un petit bureau.

— Tad?

La porte est légèrement entrebâillée. Star l'ouvre et allume la lumière.

La pièce est déserte, le bureau enseveli sous des piles de cartes et d'imprimés de données. Le seul autre objet est un verre rempli de ce qui ressemble à de l'eau. Au fond, il y a un petit disque de métal.

— L'ancre de Barbe-Noire, dit Dante sur un ton railleur. Bientôt à l'affiche dans un cinéma près de chez vous.

Mais quand il fait un pas en avant, il remarque une forte odeur chimique émanant du liquide transparent. Et quand il jette un coup d'œil dans le verre, il s'aperçoit que son artéfact a changé d'apparence. La solution concentrée a dissous la couche noire. Maintenant, une pièce argentée étincelle. Ce qu'il y a de plus étonnant, c'est qu'un dessin est imprimé dessus – un motif usé, peut-être des armoiries.

Dante est sidéré. C'est loin d'être un morceau de l'ancre. C'est une pièce de monnaie!

Il se tourne vers les autres.

— Hé... c'est bien ce que je pense que c'est?

Kaz regarde dans le verre.

— C'est de l'argent, non?

— Aucun doute là-dessus, dit Star. C'est plutôt primitif, mais je gage que c'est une monnaie quelconque.

Adriana s'avance, les yeux brillants.

— Pas n'importe quelle monnaie. C'est une pièce de huit!

Dante la regarde fixement.

— Une pièce de quoi?

— Une monnaie espagnole qui a des centaines d'années! explique-t-elle sur un ton exalté. Il y en a beaucoup au musée. Au cours du XVIIe siècle, cette pièce d'argent était la pièce la plus courante au monde. Huit réaux... une pièce de huit.

Dante s'anime.

— Est-ce que ça vaut quelque chose?

— Qu'est-ce que tu penses? demande Star sur un ton sarcastique. C'est une pièce de monnaie qui a trois cents ans.

— C'est de l'histoire vivante, corrige Adriana. Cette pièce a été fabriquée avec de l'argent extrait des mines d'Amérique du Sud par des descendants des Incas. Ça a pas de prix.

— Cinquante dollars? lance Dante. Cent? Plus? Sapristi, j'ai failli la jeter par-dessus bord!

Les yeux de Kaz se rétrécissent.

— Mais Reardon t'a pas laissé faire. Il a quasiment volé pour te l'arracher des mains.

— Il savait, admet Star amèrement. Cutter aussi. L'ancre était pas un accessoire de film. On a trouvé quelque chose et ils essaient de nous le voler.

— On va le revoler! décide Dante.

— Brillant! approuve Kaz. Et qu'est-ce qu'on fait de l'ancre, au fond là-bas? Tu peux pas juste la cacher dans ton tiroir de caleçons. Il faut faire inscrire au registre public que c'est *notre* découverte. Allons voir M. Gallagher.

Quand Geoffrey Gallagher arrive à son bureau à huit heures tapant, il trouve quatre adolescents dormant à poings fermés sur le seuil de sa porte.

— Bonjour! dit-il, d'une voix assez forte pour les tirer du sommeil.

Il remarque, quelque peu irrité, que son caméraman est en train de filmer les quatre jeunes qui se lèvent de peine et de misère.

Kaz retrouve sa voix le premier.

— Monsieur Gallagher, on a un problème. On a trouvé une pièce de monnaie...

— Une pièce de huit espagnole... précise Adriana.

— Une ancre aussi, ajoute Dante. Je l'ai vue le premier. Je pensais que c'était un éclat de l'ancre, mais non, on a découvert que c'était une pièce de monnaie...

Star l'interrompt.

— Mais Cutter l'a volée...

— En fait, on la lui avait donnée, poursuit Kaz, mais, à ce moment-là, on savait pas que c'était une pièce de monnaie. On pensait que ça faisait partie d'accessoires de cinéma...

C'est la vérité, mais elle éclate dans un fouillis de phrases à moitié construites et d'interruptions; les quatre amis, qui sont à peine éveillés, tentent tant bien que mal de formuler leurs pensées chaotiques.

Perplexe, Gallagher grimace. Au moins, le caméraman a cessé de filmer ces jeunes un peu trop bavards. Il est évident qu'ils n'ont rien à ajouter à un documentaire scientifique.

Il se redresse de ses deux mètres.

— Vous êtes seulement des jeunes stagiaires, et vous n'avez pas l'air de comprendre que cet institut mène en fait des douzaines de projets différents, dirigés par des douzaines de scientifiques différents. Mon rôle est de m'assurer que ces projets fonctionnent bien, mais je n'ai aucune autorité au sein des projets eux-mêmes.

Leurs visages sont sans expression, alors le docteur simplifie son langage.

— Votre patron, c'est M. Cutter, pas moi. Si vous avez quelque chose à dire, vous le lui dites à lui.

— Mais c'est ça, le problème... commence Kaz.

À ce moment-là, Gallagher s'aperçoit que la lumière rouge de la caméra est de nouveau allumée. Il offre son plus beau sourire médiatique.

— Vous, les jeunes, vous êtes l'avenir de la communauté océanographique. Vous êtes un atout pour Poséidon.

Puis le caméraman et lui entrent dans le bureau et leur claquent la porte au nez. Furieux, Kaz veut saisir la poignée.

— Oublie ça, grommelle Star. C'est un idiot. Tout ce qui compte pour lui, c'est de faire bonne impression sur vidéo.

Découragés, ils se traînent jusqu'au quai pour récupérer leur équipement de plongée.

Dante s'assoit sur un pilotis érodé par la pluie et le vent.

— Quel été! grogne-t-il. J'ai le goût de m'embarquer sur le prochain catamaran pour la Martinique et de prendre le premier avion qui va me ramener chez moi. Je devrais leur dire de se mettre le stage où je pense. C'est pas comme si je prenais des tonnes de superbes photos.

— J'aimerais ça partir, moi aussi, dit Adriana doucement, mais j'ai nulle part où aller. Mes parents sont à Saint-Tropez ou Corfou, ou là où il faut être, cette année.

Star se croise les bras.

— Je suis pas du genre à abandonner.

— Personne l'est ici, rétorque Kaz. On fait juste parler, O.K.? Tu vas pas me dire que le stage te déçoit pas.

— S'il y a quelqu'un qui devrait être déçu, c'est bien moi, grommelle Dante. D'un point de vue technique, c'est ma pièce de monnaie qu'ils ont volée. Je suis celui qui a trouvé l'ancre.

Star le regarde avec curiosité.

— Y'a une autre chose qui me tracasse. Comment t'as fait pour la voir? Et t'as aussi vu l'avion. Comment ça se fait que tu vois des choses que les autres voient pas?

Dante détourne la tête.

— Peut-être que j'ai une meilleure vue que vous tous?

— T'as une vue épouvantable, objecte Adriana.

Tu crois que la mer est violette.

— Non, c'est pas vrai, se défend le photographe. C'était une erreur de chambre noire.

— Ou les bouteilles de plongée, poursuit Kaz. Tu pensais qu'une étiquette rouge était une étiquette verte.

— Je me suis mêlé… bafouille Dante.

— Entre le rouge et le vert?

Quand ça finit par sortir, c'est comme une avalanche.

— Vous comprenez rien? Pour moi, le rouge est vert et le vert est rouge, et ils sont gris, tous les deux! Je suis daltonien! L'extraordinaire prodige de la photo vit dans un film en noir et blanc!

Les autres sont stupéfaits. Kaz est le premier à retrouver la parole.

— Comment est-ce que ça t'aide à voir une ancre cachée dans du corail?

— Vous autres, quand vous regardez un récif, vous voyez des milliards de couleurs différentes. Mais pour moi, c'est comme un croquis au fusain super détaillé. Je me concentre sur les ombres et la texture, rugueuse ou lisse, surélevée ou plane. Pour vous, l'ancre était invisible. Mais pour moi, la forme sous le corail était aussi évidente qu'une personne en dessous d'une couverture. Je pouvais pas vraiment la voir, mais je savais qu'elle était là.

Adriana prend la parole.

— Mais pourquoi est-ce que tu prends des photos en couleurs, si tu peux pas voir les couleurs?

Comment peux-tu espérer y arriver?

Dante hausse les épaules, l'air malheureux.

— Je sais pas. Je me suis dit que je pourrais apprendre à faire semblant... arriver à connecter certaines ombres à certaines couleurs. Mais ça sert à rien. Tout un handicap pour un photographe, hein?

— C'est pas un handicap, dit Star sur un ton sec. C'est un *don*. Tu vois des choses que les autres peuvent pas voir. Pauvre toi.

Ils sont assis sur le quai à se lamenter sur leur propre sort quand, soudain, ils entendent le son d'un moteur qui approche. C'est le *Hernando Cortés,* le capitaine Vanover au gouvernail. Il klaxonne deux fois et les salue de la main.

Adriana soulève un sourcil.

—Vous savez, commence-t-elle, pensive, Gallagher veut pas nous écouter, mais qu'est-ce que vous pensez du capitaine? Il nous prend toujours au sérieux, lui. Peut-être qu'on devrait lui parler de la pièce de monnaie.

— Et peut-être qu'il va la voler à Cutter et la garder pour lui, lance Dante sur un ton cynique. Vanover est gentil, mais Marina l'est aussi. Et elle nous ment en pleine face. Qui sait à qui on peut faire confiance, par ici?

— Je suis d'accord, appuie Kaz. C'est entre nous et Cutter. On en parle à personne.

Le *Cortés* entre en douceur dans son mouillage, puis la silhouette énorme de Menasce Gérard saute par-dessus le plat-bord pour attacher le bateau. Il ne regarde pas dans leur direction et ils n'en sont pas attristés.

Vanover les interpelle du cockpit.

— Salut, les jeunes.

Il remarque leur équipement de plongée empilé sur le quai, constate l'absence du *Ponce de León* et prend un air dégoûté :

— Pas encore?

Kaz hoche la tête.

— Ils nous ont joué un tour. On est arrivés ici à cinq heures, mais ils étaient déjà partis.

— C'est honteux! Embarquez votre équipement et montez à bord. Je vais vous emmener chez Cutter.

Quand l'Anglais revient du bureau du capitaine de port, il est consterné de voir les quatre jeunes à bord et Vanover qui se prépare à larguer les amarres.

Le guide de plongée est contrarié.

— Pourquoi, capitaine... pourquoi encore avec ces jeunes?

— Relaxe, l'Anglais, dit le capitaine pour le calmer. On fait juste le taxi. Cutter les a laissés tomber et je n'ai pas l'intention qu'il s'en sorte, cette fois.

L'Anglais n'a pas l'air convaincu :

— Ils ne vont pas plonger?

— Pas avec nous, promet Vanover. On va contacter le bureau par radio pour savoir où se trouve le *Ponce*. Un aller-retour, c'est tout.

CHAPITRE TREIZE

Le *Cortés* est à onze kilomètres au large de Côte Saint-Luc quand ils entendent l'explosion.

— Le tonnerre? demande Dante.

Il n'y a pas un nuage dans le ciel. Vanover et l'Anglais échangent un regard, et le capitaine augmente la vitesse du bateau. Sur l'eau, un *boum* comme ça signifie habituellement l'explosion d'un moteur.

L'Anglais remplace le capitaine au gouvernail et Vanover se précipite sous le pont, vers la radio.

— Le *Cortés* appelle le *Ponce*. Bill, on vient d'entendre un méga *boum*. Est-ce que tout le monde va bien?

Il n'y a pas de réponse. Le capitaine répète le message. Toujours rien.

L'Anglais écrase l'accélérateur, et le navire de recherche se lance en avant. Les quatre jeunes plongeurs s'arc-boutent contre les cloisons, tandis que les lames secouent le bateau, qui file à vive allure. Leur expression est grave. Est-ce que quelque chose est arrivé à Cutter et à son équipe?

Finalement, le *Ponce de León* apparaît, un point à l'horizon. Vanover l'examine avec des jumelles.

— Bon, il est en un morceau, leur indique-t-il. Et je

ne vois pas de feu.

L'Anglais garde la vitesse au maximum.

— Vous voyez quelqu'un?

— Pas encore, dit le capitaine.

Ils sont à quatre cents mètres environ de l'avant tribord de l'autre bateau, quand la radio grésille. On entend la voix de Bill Hamilton, le capitaine du *Ponce de León*.

— Ici le *Ponce.* Braden, est-ce que c'est toi?

— Qu'est-ce qui se passe, Bill? Est-ce que tout le monde va bien, là-bas? Pourquoi est-ce que vous n'avez pas répondu à notre appel?

La voix de Cutter leur parvient.

— C'était un peu fou, ici. Tu ne le croiras pas, mais le moteur a pétaradé de manière incroyable.

— Le moteur a pétaradé! s'exclame Vanover. On aurait dit une bombe!

— On est en train de l'examiner, continue Cutter. Mais je suis pas mal certain qu'il n'y pas de problème. Merci quand même, Braden.

— Pas si vite, poursuit le capitaine, j'ai une surprise pour toi, Cutter. En fait, quatre surprises. Tu as oublié un petit quelque chose sur le quai, ce matin.

— Ah oui, les enfants. On est partis très tôt, ce matin. Je n'ai pas eu le courage de les réveiller.

— Ouais, mais ils sont bien éveillés, maintenant. Et ils s'en viennent vous trouver.

— Ce n'est pas une bonne idée, le prévient Cutter. Mon compresseur est brisé, alors ils ne pourront pas plonger.

— Pas de problème, le rassure Vanover, j'ai quelques bouteilles bien remplies, ici. On va approcher, les faire descendre à l'eau de notre plate-forme et ils reviendront avec vous quand vous aurez fini.

Un très long silence s'ensuit. Puis :

— C'est une idée.

Les deux bateaux sont maintenant assez près l'un de l'autre pour que Kaz puisse voir Cutter, Marina et Reardon sur le pont du *Ponce de León.* Reardon est à la poupe, en train de vérifier sa canne à pêche, qui semble être sa plus grande préoccupation à bord du navire de recherche. Si Kaz n'était pas occupé à se contorsionner pour revêtir sa combinaison de plongée légère, il remarquerait probablement que les cheveux de Reardon sont mouillés. L'homme à la barbe est allé dans l'eau, tout récemment.

Le *Cortés* ralentit jusqu'à trente mètres derrière le *Ponce de León,* et les quatre plongeurs entrent dans les vagues.

— N'oubliez pas, leur dit Vanover avant de partir, vous avez tous les droits d'être ici. Vous n'avez pas choisi Poséidon, c'est Poséidon qui vous a choisis. Il ne faut pas avoir peur de dire ça à Cutter.

Flottant à la surface, Star marmonne :

— Y'a bien des choses que j'ai l'intention de dire à Cutter.

— À quoi bon? ricane Kaz en nageant sur place. Il nous a déjà menti, il va continuer à le faire.

— Hé, les jeunes! s'écrie Marina en agitant les bras, le visage rayonnant. Montez à bord! On s'en va!

— Jamais de la vie, marmotte Star. Je plonge pour aller voir ce qu'ils fabriquaient.

Elle descend son masque sur son nez et sa bouche.

— Qui vient avec moi?

Adriana se porte volontaire.

— Moi.

— Mais qu'est-ce qu'on va dire à Marina? demande Dante.

— Dis-lui qu'on a rien entendu, répond Star. Sa voix porte pas très bien. Ça se peut que je l'entende plus jamais.

Elle mord dans son détendeur, dégonfle son gilet de stabilisation et disparaît sous la surface. Adriana la suit.

L'eau est sombre et vaseuse, presque opaque. Qu'est-ce qui est arrivé à la mer des Caraïbes, normalement bleu clair?

Tandis que Star continue à descendre, elle garde un œil sur le battement fluide des palmes d'Adriana, juste au-dessus d'elle. Il serait facile de perdre de vue sa partenaire dans ce limon.

Du limon. C'est de ça qu'il s'agit. Mais quelle force pourrait en remuer autant? Un moteur qui pétarade? Probablement pas.

Quinze mètres. Où est le fond?

Un barracuda curieux les observe un instant, à travers la soupe au pois, puis s'éloigne rapidement.

Vingt mètres. Quelle est la profondeur, ici? La visibilité est tellement mauvaise qu'il est impossible de le dire. Il n'y a presque plus de lumière. Star se sent seule, désorientée. Il n'y a que la direction de ses bulles pour lui indiquer où est la surface.

Soudain, ses palmes se frottent sur quelque chose qu'elle n'avait pas vu. Le récif! Elle envoie de l'air dans son gilet de stabilisation pour se mettre à flottabilité neutre et attrape Adriana avant qu'elle n'arrive au fond. Elles se regardent dans l'obscurité en plissant les yeux. Cutter et compagnie étaient probablement en train de faire quelque chose, mais les filles ne trouveront probablement pas de preuve, étant donné l'état de la mer.

Elles nagent en longeant le fond et suivent la ligne du récif, à quelques mètres au-dessus. Puis, brutalement, l'arête du corail disparaît.

Star reste bouche bée. Ce n'est pas quelque chose de naturel. On dirait presque un cratère dans le récif – une zone circulaire faisant peut-être quatre mètres de diamètre.

En quelques battements de palmes, elle l'atteint et regarde à l'intérieur. Le trou est rempli de morceaux de corail brisé de toutes les tailles, du plus gros au gravier.

Quand elle comprend de quoi il s'agit, elle en a le souffle coupé. La « pétarade » de Cutter – c'était de la dynamite! Une explosion assez puissante pour briser le corail et envoyer des nuages de vase et de limon dans toutes les directions!

Sa première réaction est l'outrage, qui se change rapidement en perplexité. Pourquoi est-ce qu'une bande d'océanographes – des scientifiques! – dynamiteraient un récif? L'explosion signifie la mort de dizaines de millions de polypes, un désastre environnemental. Ça prendra des décennies avant que tout ça se régénère. Ce n'est pas seulement un acte méprisable; c'est illégal! Le corail est protégé partout dans le monde.

Ça n'a tout simplement aucun sens. Qu'est-ce qu'on gagne avec une destruction si gratuite?

Tout à coup, la forme lui apparaît, une image familière dissimulée par les décombres qui ont été le récif. Une forme sombre au milieu des débris plus pâles, multicolores; un anneau, une croix et un crochet double – l'ancre de Dante. La bouée repère a été enlevée, mais il ne fait aucun doute qu'il s'agit du même artéfact.

Ils sont sur les traces de notre découverte!

Star sent un pincement sur la manche de sa combinaison. C'est Adriana, qui vient d'arriver à la même conclusion.

Tout s'explique. Aucun scientifique ne dynamiterait un récif de corail. Mais Cutter n'est pas un scientifique. C'est ce qui explique le magnétomètre et pourquoi Cutter occupait ses stagiaires à marquer des cavernes quand il prenait la peine de les emmener.

Et ça explique pourquoi lui et les membres de son équipe ont su tout de suite qu'il s'agissait d'une pièce de monnaie espagnole.

Cutter, Marina et Reardon travaillent peut-être pour Poséidon, mais ce sont des chasseurs de trésor!

Une palme d'Adriana balaie, au passage, les cristaux de corail brisés. Star aperçoit quelque chose d'autre dans le tourbillon, une chose lisse, plutôt que dentelée, et d'un blanc pur. Elle plonge la main dans les débris et la ramasse – une poignée ou un manche faisant environ vingt centimètres de longueur. Il est sculpté et poli. Aucun doute que c'est un objet fabriqué de main d'homme.

Un regard qui en dit long passe entre les deux masques de plongée. Est-ce possible que Dante et ses yeux perçants aient, par un pur hasard, mené Cutter et son équipe exactement à l'endroit qu'ils cherchaient?

CHAPITRE QUATORZE

C'est la première fois que Kaz voit Marina Kappas en colère.

— Elles n'avaient pas le droit de plonger! Je leur avait ordonné de monter à bord!

— On pouvait pas vous entendre, lance Kaz en direction du *Ponce de León.*

— Je veux qu'elles reviennent maintenant! explose-t-elle. Allez là-bas et ramenez-les. On a un horaire à suivre.

Kaz plonge son masque dans l'eau et remonte tout de suite.

— L'eau est trouble, aujourd'hui. Descendons la ligne d'ancrage. Ça sera plus facile de rester ensemble.

Dante et Kaz se mettent à battre des jambes pour contourner l'arrière du bateau.

— Vite! s'exclame Marina sur un ton irrité. On n'a pas toute la journée!

Un bourdonnement aigu fend l'air. Il faut quelques secondes à Kaz pour identifier le son; c'est le moulinet automatique de Chris Reardon qui se déroule à la vitesse de l'éclair, en l'absence du pêcheur. L'appât spécial de Reardon, des morceaux de pieuvre mélangés à de la pizza froide, a été happé par quelque chose de gros.

Ça arrive avant même que Kaz puisse mordre dans son embout. La ligne mylar s'enroule autour de lui en plaquant son bras droit contre son corps. Il sent une force plusieurs fois supérieure à la sienne l'entraîner sous la surface – la ligne mylar peut tirer quatre cent cinquante kilos.

Luttant contre la panique, il tâtonne avec sa main libre pour mettre l'embout dans sa bouche. Il plisse les yeux dans l'eau vaseuse et aperçoit une forme sombre au bout de la ligne. C'est un énorme mérou d'au moins cent quatre-vingt kilos qui est pris à l'hameçon et se débat furieusement. Dans la lutte sauvage que mène la créature pour essayer de sauver sa peau, Kaz est entraîné directement au fond; les girations désespérées du poisson enserrent de plus en plus la mylar autour du malheureux plongeur.

Il est trop fort, se dit Kaz, tandis que l'eau passe à toute vitesse. Quant au gros poisson, il n'est qu'une forme confuse. *Il faut que je coupe le fil pour me libérer. C'est mon seul espoir.*

Son couteau est dans une gaine sur sa cuisse droite. Il peut tout juste l'atteindre de sa main gauche. Au moment où son gant se referme sur le manche, le gros mérou change brusquement de direction. Kaz est tiré derrière lui comme un chiot au bout d'une laisse. Horrifié, il sent le couteau lui glisser entre les doigts. Son dernier espoir avalé par les bouillons de la mer.

Non, se rappelle-t-il soudain, *il reste encore une chance. Quelque chose doit arrêter ce mérou.*

Et quelque chose le fait. Tout d'abord, Kaz croit que c'est un sous-marin. Ça ne peut être qu'un sous-marin, c'est tellement gros. Mais alors, l'énorme chose en forme de torpille ouvre une gueule béante. Et quand elle se referme d'un coup sec, la moitié du mérou a disparu.

La ligne mylar devient lâche, mais Kaz n'essaie même pas de se secouer pour se libérer. Il est paralysé par une peur qui remonte à sa plus tendre enfance. Parce qu'il sait, aussi clairement que si le gros poisson portait un insigne éclairé au néon, que c'est le monstrueux requin-tigre de six mètres que les gens de la place appellent Clarence.

Tout en continuant de couler lentement, il regarde les mâchoires énormes attaquer sauvagement le mérou, dans un nuage de sang et de chair en lambeaux. Le sang a l'air vert à cette profondeur. *La couleur rouge est éliminée par l'eau de mer...* La voix de son instructeur de plongée résonne dans sa tête, répétant les mots sans fin. Kaz est incapable d'arrêter la leçon. Son cerveau s'est éteint. La terreur est aux commandes.

Il a quitté sa maison, sa famille, le hockey, tout ce qui lui est familier, pour aller dans les Caraïbes, à plus de trois mille kilomètres – et mourir.

C'est à peine s'il remarque le moment où il heurte le fond marin. C'est presque un réconfort. Une place pour se cacher pendant que le gros requin décrit des cercles au-dessus en essayant de mordre violemment les restes sanglants éparpillés tout autour. Pour

Clarence, du sang dans la mer signifie de la nourriture. Le prédateur a déjà oublié le mérou qu'il vient tout juste de dévorer. Il ne pense jamais au repas qu'il vient de finir; il s'intéresse uniquement au suivant.

Tremblant de terreur, Kaz se recroqueville sur le fond sablonneux. Aucun plan ne prend forme dans sa tête, aucune stratégie de survie. Même le fait incontournable que son approvisionnement en air ne durera pas éternellement n'a aucun effet sur son envie irrésistible de se cacher de la machine à tuer la plus parfaite que la nature ait créée.

Dante surgit des flots et crache son détendeur en haletant.

— Un requin! tente-t-il de crier.

Mais tout ce qu'on entend, c'est une respiration sifflante aiguë.

Désespéré, il regarde autour. Il est plus près du *Ponce de León* que du *Cortés*, mais d'instinct, il se lance à fond de train vers le bateau de Vanover. Quand c'est une question de vie ou de mort, tu vas vers ceux en qui tu as confiance.

En plein dans son chemin, quelque chose sort de l'eau en faisant des bulles; saisi, il hurle de peur.

Star enlève son masque.

— Pas si fort! le prévient-elle. Écoute, on a trouvé ce que Cutter…

— Clarence! lui hurle Dante à la tête.

— Qui?

— Le requin!

Adriana sort brusquement de l'eau et, cette fois-ci, les deux filles ont un mouvement de recul.

— Où est Kaz? demande Star.

— Il est au fond et il bouge pas! gémit Dante. Je pouvais pas aller le retrouver! Le requin...

Star se rue déjà vers le *Cortés* à grands coups de palmes en criant :

— Capitaine!

Vanover et l'Anglais sont tous deux sur la plate-forme pour sortir les trois jeunes de l'eau.

— Qu'est-ce qui se passe? demande le capitaine. Où est Kaz?

La poitrine palpitante, le souffle coupé par l'émotion, Dante explique la situation en sanglotant.

— Le requin l'a pas mordu, continue-t-il en bafouillant, mais je pense qu'il a trop peur pour remonter à la surface!

L'Anglais est déjà en train de mettre une bouteille de plongée sur son dos.

— J'ai l'impression que c'est le vieux Clarence, déclare Vanover. Tu ferais mieux de prendre la cage anti-requin.

Le guide de plongée prend un air renfrogné.

— Je ne suis pas un canari.

— Le jeune pourrait être blessé, saigner, même, soutient Vanover. Tu auras besoin de la cage pour lui.

L'Anglais exprime son accord en grognant.

Des minutes précieuses s'envolent, le temps qu'ils déplient la cage en titane et l'attachent au treuil électrique du *Cortés*. L'Anglais grimpe à l'intérieur et ferme la porte. Le claquement résonne, comme lorsqu'on ferme la porte d'une cellule de prison.

Vanover balance la cage par-dessus le plat-bord.

— Tu tires un coup sec pour descendre, deux pour remonter et trois pour arrêter.

Il démarre le treuil, et le guide disparaît dans la mer.

Menasce Gérard est aussi à l'aise dans la mer que sur la terre ferme. Dans son boulot avec les plates-formes pétrolières, il descend souvent à des profondeurs de trois cents mètres, et même plus – à trente atmosphères de pression. Il n'a peur de rien au fond, et pour lui, la cage est un inconvénient, presque une source d'embarras. Pourquoi est-il surpris que ces adolescents américains l'aient mis dans cette situation?

La mauvaise visibilité le surprend. Mais alors, tout s'explique. Un seul requin ne pourrait pas avoir remué autant de limon. Mais peu importe la cause, c'est probablement ce qui a attiré un gros prédateur comme Clarence.

Il scrute les profondeurs entre les barreaux, cherchant des yeux le requin et le jeune plongeur. Mais il n'y a aucun signe ni de l'un ni de l'autre. Quand la cage heurte le fond, il donne trois coups secs au câble, le signal pour arrêter. Puis il ouvre la porte d'acier et se risque à sortir.

Comme il ne porte pas de ceinture de plomb, il doit déployer de grands efforts pour rester au fond. Il peut le faire, mais pas trop longtemps, et l'effort va sûrement consommer rapidement son approvisionnement d'air. Il doit trouver Kaz sans tarder.

L'eau brouillée ne facilite pas les recherches. Les minutes s'écoulent. Combien? Même un plongeur expert ne saurait le dire. Il y en a trop.

Il passe directement au-dessus du garçon, et c'est tout juste s'il l'aperçoit dans l'obscurité. Kaz est étendu de tout son long dans le sable, comme s'il essayait de s'enfouir dedans. L'Anglais avait d'abord pris la combinaison noire du garçon pour une grosse gorgone qui se serait renversée.

Kaz a la peur de sa vie quand le guide le saisit sous les bras et le redresse.

Menasce Gérard ne gaspille jamais sa salive, surtout pas sous l'eau.

— Viens, dit-il dans son détendeur.

Kaz attrape le bras du géant et ne le lâche pas. Maintenant qu'il est connecté à un plongeur portant une ceinture, l'Anglais peut se diriger avec efficacité vers la cage en suivant le fond.

On pourrait mettre ça sur le compte d'un radar sous-marin ou même d'un sixième sens, mais l'Anglais sait immédiatement quand le requin se lance à leur poursuite. Il jette un coup d'œil rapide par-dessus son épaule; il ne voit rien. Mais le prédateur s'en vient, dissimulé par les tourbillons de limon. L'Anglais peut imaginer le monstre de six mètres aux yeux noirs glaciaux.

Il lance deux autres mots :

— Plus vite.

Il ne peut toujours pas voir Clarence, mais il sent une forme sombre derrière eux, qui grossit de plus en plus. Ils battent des jambes comme des machines pour se propulser vers la cage et la sécurité.

Kaz n'ose pas regarder en arrière, mais il y a de l'horreur dans son masque, et le désespoir de celui qui se sait traqué.

Les ombres en avant commencent à se définir, celles des lignes et des angles droits de la cage. Mais maintenant, on peut aussi voir le requin, qui gagne du terrain. Sa queue s'agite pour lancer l'attaque, tandis qu'il franchit la distance qui les sépare, la gueule légèrement ouverte, un arsenal meurtrier prêt à tirer.

Dans une explosion de vitesse et de force qui le surprend lui-même, l'Anglais bat des jambes jusqu'à la cage et pousse Kaz à l'intérieur. Il s'y précipite aussi et attrape la porte pour la fermer.

Et soudain, la gueule gigantesque sort brusquement du fond ténébreux, avec une violence épouvantable.

CHAPITRE QUINZE

Des mâchoires de la taille d'un petit bureau se referment sur les barreaux de la porte encore ouverte, dans un grincement d'os sur métal. La puissante tête se met à se secouer sans répit. La cage se balance tandis que ses occupants s'entrechoquent, comme des dés de backgammon dans un verre.

Les secousses qu'imprime l'attaque à la cage doivent avoir atteint la surface, car la cage se met à remonter. Le requin demeure accroché à la porte, s'entêtant à essayer de mordre à travers le titane de cinq centimètres d'épaisseur. L'Anglais s'arc-boute contre les barreaux du fond et lance de frénétiques coups de pied avec ses palmes sur le museau plat.

Accroché aux barreaux pour éviter d'être catapulté par l'ouverture, Kaz connaît un état de panique qu'il n'aurait pas cru possible. Il s'aperçoit que la seule chose qui les garde en vie pour le moment est la stupidité du requin-tigre. Parce que si la bête avait l'intelligence de lâcher la porte, elle serait capable de passer sa tête à l'intérieur de la cage et de les atteindre.

Le cadran lumineux de sa montre profondimètre lui indique que la surface est encore à vingt mètres.

Il se demande si l'Anglais et lui seront toujours dans la cage quand elle va s'élever au-dessus de l'eau.

À bord du *Hernando Cortés,* le capitaine Vanover se penche au-dessus de son treuil électrique, qui grince et vibre.

Dante s'inquiète.

— Est-ce qu'il fait toujours ça?

— Il ne devrait pas, répond le capitaine en fronçant les sourcils. Pas pour remonter une cage et deux plongeurs.

Star scrute la mer, par-dessus le plat-bord.

— Je peux rien voir. Non, attendez...

Les autres se précipitent à côté d'elle. L'océan bouillonne, faisant remonter des eaux blanches écumeuses des profondeurs.

Adriana s'étrangle :

— Mon Dieu...

La cage sort brusquement de l'eau, ainsi que le requin-tigre, une masse de muscles aussi épaisse qu'un séquoia, que la fureur contorsionne. Il est toujours résolument agrippé aux barreaux de la porte. Le treuil le tire de l'eau jusque sous son énorme nageoire dorsale triangulaire. Maintenant sortie de l'élément auquel elle appartient, la bête devient folle furieuse; elle se tortille et fouette l'air, tandis que ses mâchoires claquantes s'acharnent sur l'acier trempé.

Vanover saisit une longue perche et se met à frapper l'énorme tête du requin. Star en décroche une autre et donne des coups au ventre blanc. Dante fait rebondir une canette de boisson gazeuse sur une des nageoires pectorales. Rien ne semble avoir d'effet.

Kaz reste cimenté aux barreaux et respire toujours dans son détendeur, bien qu'il soit suspendu deux mètres au-dessus de l'eau.

En jurant à pleine gorge, l'Anglais se débarrasse de son harnais de plongée, recule avec la bouteille entre les mains et la lance de toutes ses forces sur l'œil d'obsidienne du requin. Sous la force du coup, le monstre ouvre l'étau de ses mâchoires. Il retombe à la mer, dans un gigantesque éclaboussement qui secoue le bateau; un torrent d'eau se déverse sur les quatre spectateurs, debout sur le pont. Menaçante, la bête fait deux fois le tour du navire de recherche, sa nageoire dorsale découpant les vagues. Puis elle finit par disparaître.

Le capitaine tire la cage par-dessus le plat-bord et la descend sur le pont.

L'Anglais en tire Kaz et lui arrache le détendeur de la bouche.

— Ça va, mon garçon? Tu es toujours en vie?

Kaz hoche la tête. Ses genoux flageolent, mais il est déterminé à ne pas s'évanouir.

— Vous... vous m'avez sauvé la vie!

La réponse du plongeur est un haussement d'épaules typiquement français.

— Mais la prochaine fois, ajoute-t-il d'un ton sarcastique, si tu aimes les émotions fortes, tu vas faire un tour dans les montagnes russes, d'accord?

Tout à coup, la radio se met à grésiller dans la

salle de navigation, sous le pont. On entend la voix de Cutter.

— Qu'est-ce qui se passe, là-bas? Est-ce que c'était une baleine? Tout le monde va bien?

Vanover descend lentement l'escalier des cabines en levant les yeux au ciel.

— Tout le monde va bien, Cutter, dit-il sèchement. Un de tes stagiaires a failli se faire dévorer. Tu n'as pas à t'inquiéter.

Il met fin à la communication.

— Hé...

Adriana montre la cage du doigt. Là, recroquevillée dans un coin, sa peau s'agençant au gris acier des barreaux, une petite pieuvre se tapit.

— Monsieur l'Anglais... voici la pieuvre qu'on vous doit.

L'imposant guide passe un bras entre les barreaux, en sort la créature terrifiée et lui adresse directement la parole.

— Tu es chanceuse que je sois de bonne humeur, dit-il, avant de la relancer à la mer.

C'est la première fois que les quatre stagiaires le voient sourire.

Il est décidé que les jeunes plongeurs vont rentrer au port de Côte Saint-Luc à bord du *Hernando Cortés,* au lieu de retourner sur le *Ponce de León.*

— La dernière chose que vous voulez, les jeunes, c'est de vous retrouver avec Cutter et son équipe, dit Vanover d'un ton lugubre.

Kaz hoche la tête pour montrer son accord.

— Reardon est probablement encore fâché d'avoir perdu le mérou. Je gage qu'il sait même pas qu'à cause de sa stupide ligne à pêche, j'ai failli servir de repas à un requin.

Vanover le regarde d'un air sérieux.

— J'ai vu trop de plongeurs faire comme si ce n'était jamais arrivé, en lançant plein de petites blagues comme celle-là. Ce qui t'est arrivé... il n'y a pas plus terrifiant. Est-ce que, pour toi, ça a été un coup du genre knock-out? C'est ça que tu dois te demander. Certaines personnes se sortent d'une expérience comme ça sans problème et chaussent leurs palmes dès le lendemain; d'autres ne mettent plus jamais l'orteil à l'eau. C'est à toi, Kaz, de décider à quelle catégorie tu appartiens.

Le capitaine remonte l'escalier des cabines et laisse les jeunes seuls dans la coquerie.

— Y'a raison, tu sais, dit Dante. Comment est-ce que tu vas être capable de plonger, après ce qui est arrivé aujourd'hui? Je sais pas si je le pourrai, moi, et c'est même pas à moi que c'est arrivé.

— C'est stupide, raille Star. Ce qui est arrivé aujourd'hui est un accident qui se produit rarement. Même si ça t'arrive de rencontrer un gros requin comme ça, il est plus que probable qu'il va pas te voir et va continuer son chemin. Abandonner la plongée à cause de ça, c'est comme refuser de conduire une auto parce qu'une fois, t'as failli avoir un accident.

— Ouais, mais Clarence est toujours là, quelque

part, lui rappelle Dante.

Star hausse les épaules.

— Le capitaine dit qu'il rôde dans les parages depuis des années. Les gens le voient rarement et, même quand ça arrive, y'a rien là. Kaz s'est juste trouvé là au moment où Clarence se nourrissait et qu'il y avait du sang dans l'eau.

— Même à ça... commence Dante.

— Je continue à plonger, l'interrompt soudain Kaz.

— Tu devrais probablement pas prendre de décision tout de suite, conseille Adriana, plus prudente.

— Je continue à plonger, répète Kaz.

La décision lui est venue soudain, de manière imprévisible. C'est quelque chose que Star a dit – « un accident qui se produit rarement ». Comment les médecins ont-ils décrit la blessure catastrophique de Drew Christiansen? *Un accident qui se produit rarement. De l'ordre de un sur un million*. Penser que ce qui est arrivé est plus que de la pure malchance équivaut à blâmer Kaz pour la paralysie de Drew.

Les chances que des requins attaquent quelqu'un dans ces eaux sont aussi minces que les chances qu'une mise en échec de Bobby Kaczinski condamne un autre gars au fauteuil roulant.

Plus il y pense, plus ça a du bon sens à ses yeux.

— Inquiétez-vous pas pour moi. Tout va bien aller.

— T'es tenace, kami-Kaz, admet Star à contrecœur. Maintenant, écoutez-moi bien. Vous allez pas me croire, mais l'affaire Clarence a pas été la plus grosse nouvelle, aujourd'hui.

— Tu dis ça parce que c'est pas ta tête qu'il a failli avaler, rétorque Kaz.

— Je suis sérieuse, insiste Star. Premièrement, tout ça est pas arrivé à un endroit quelconque sur le récif. On était juste au-dessus de l'ancre, là-bas.

— On l'a vue, ajoute Adriana. En entier.

— C'est impossible! s'exclame Dante. Elle est enterrée sous des tonnes de corail.

— Plus maintenant, l'informe Star, parce que Cutter a fait exploser le récif en mille miettes. C'est à cause de ça que l'eau était brouillée – à cause de la dynamite.

Kaz secoue la tête.

— Les scientifiques détruisent pas le corail. Ils adorent le corail. Pour eux, c'est comme si c'est tout le temps l'année internationale du polype.

— C'est exactement pourquoi on a eu tant de mal à comprendre ce qui se passait, réplique Star. Pourquoi est-ce qu'un scientifique volerait notre pièce de monnaie? Pourquoi est-ce qu'un scientifique nous ferait perdre notre temps à marquer des cavernes? La réponse, c'est que Cutter, Marina et Reardon sont pas des scientifiques. Ils sont des chasseurs de trésor.

— Des chasseurs de trésor! s'exclame Kaz. Tout s'explique. Ils sont sûrement pas des océanographes. Est-ce que vous avez entendu ce que Cutter a dit à la radio? *Est-ce que c'était une baleine?*

Dante est sceptique.

— Mais si c'est un trésor qu'ils cherchent vraiment, pourquoi est-ce qu'ils auraient besoin de quatre jeunes pour un stage d'été? Ça les dérangerait plus qu'autre chose.

— Je pense qu'on est comme un écran de fumée, déclare Adriana. Oubliez pas que l'équipe de Cutter travaille pas au centre Poséidon de Saint-Luc. Elle vient du bureau principal de la Californie. C'est l'alibi parfait; ils viennent ici et fouinent dans les hauts-fonds cachés en faisant comme si c'était une bonne occasion pour nous.

— Et ils s'organisent pour qu'on soit pas dans leurs pattes, ajoute Star, en nous envoyant chercher des cavernes dont tout le monde se fiche.

Kaz hoche lentement la tête.

— Et ils nous ont choisis parce qu'on était pas assez bons pour les gêner avec leur découverte.

— S'ils *font* une découverte, ajoute Dante.

— Ils en ont fait une, affirme Adriana, ou plutôt, *t'en* as fait une.

Sans dire un mot, Star met la main dans la poche de son short cargo et en sort l'artéfact qu'elle a tiré de l'épave du corail – le manche blanc sculpté.

— L'ancre, la pièce d'argent et maintenant ça, tous à la même place. Est-ce que vous allez me dire qu'il y avait pas d'épave là-bas?

Les deux garçons écarquillent les yeux en fixant le manche de fanon qui brille. Des taches de corail cachent son principal ornement – une grosse pierre sombre incrustée dans le motif délicat. Directement au-dessus, les initiales *JB* sont gravées. La vieille inscription anglaise est aussi claire que si elle avait été sculptée la veille.

JB. Est-ce que ce serait le nom d'un pauvre marin naufragé, mort il y a des centaines d'années?

28 août 1665

Le claquement cruel du fouet du capitaine James Blade est familier maintenant; le son percutant du cuir huilé qui lacère la peau, les hurlements de terreur du malheureux marin, l'éclair vert diabolique que projette l'énorme émeraude enchâssée dans le manche de l'instrument de torture préféré du capitaine.

La victime aujourd'hui est Clark, le maître d'équipage du capitaine. Mais dans la plainte misérable de l'homme, le jeune Samuel Higgins peut entendre les cris d'Evans le voilier, la seule personne sur cette terre à s'être jamais liée d'amitié avec un mousse orphelin. Le vieux Evans, mort depuis longtemps, comme bien d'autres au cours de cette terrible traversée.

Le capitaine prend son élan pour donner un autre coup brutal quand on entend un cri du gréement.

— Terre!

Et, Dieu merci, la flagellation s'arrête. Samuel n'a jamais vu pareille réjouissance – une course folle vers les plats-bords, tous les yeux dévorant l'étroit ruban brun-vert à peine visible à l'horizon. Après quatre longs mois en mer, à se faire brutaliser et priver de tout, à voir plus de la moitié des hommes succomber à la malnutrition, la fièvre et le scorbut, l'équipage fatigué du Griffin *arrive au Nouveau Monde. Sur un bateau dont la puanteur surpasse celle de l'égout le plus sale de Liverpool, les marins déguenillés dansent et poussent des hourras, comme des gamins à la foire.*

Le capitaine scrute l'horizon au moyen de sa longue-vue et lance un cri de triomphe :

— Portebello, sapristi! Juste à quelques kilomètres en descendant la côte!

Un rugissement d'approbation provient des hommes rassemblés. York avance une main sale et ébouriffe les cheveux rebelles de Samuel.

— Traverser le grand océan et toucher terre à un tir de canon de ta destination! Hé, petit, c'est comme tirer une balle de mousquet à une demi-lieue d'un trou de serrure et la rentrer en plein dedans! T'es chanceux, Samuel Higgins. Tu mérites bien ton surnom.

Les compliments du barbier vampirique font toujours frissonner Samuel de dégoût. Mais le sentiment se dissipe vite, balayé par la joie qu'il éprouve d'être enfin arrivé. La terre! Le voyage interminable est enfin fini.

Il promène ses doigts sur les quelques pièces de cuivre qu'il a dans la poche de son pantalon – maigre salaire pour ces longs mois en mer, et pourtant c'est plus d'argent qu'il n'a jamais possédé en treize ans.

— De l'eau propre, dit-il à voix haute. C'est tout ce que je vais demander en premier. Et du pain – tout frais sorti du four, sans vers.

— Est-ce que t'es malade, mon gars? s'écrie York, qui n'en croit pas ses oreilles. Ce petit village là-bas est le

terminus de l'ouest pour la flotte du trésor espagnol, l'endroit le plus riche de toute la Création. On est pas venus ici pour visiter, le Chanceux. On est ici pour piller leur trésor et brûler leur ville!